Fitnat Ahrens

Urban Fantasy

AF208541

Yusuf
der Schamane

Josef

Urban Fantasy

Fitnat Ahrens

Impressum:

© 2021 Fitnat Ahrens

Coverillustration: Willi Reil

Coverbearbeitung: Beate Geng

Lektorat: Kathrin Andreas

Korrektorat: Dr. Hanne Tyslik

Kelebek Verlag Inh. Maria Schenk Franzensbaderstr. 6

86529 Schrobenhausen   www.kelebek-verlag.de

ISBN 9783947083497

Druck und Vertrieb BoD

Bibliografische Information der Deutschen Nationalbibliothek

Die Deutsche Nationalbibliothek verzeichnet diese Publikation in
der Deutschen Nationalbibliografie; detaillierte bibliografische
Daten sind im Internet über http://dnb.d-nb.de abrufbar.

Vorwort

Dieses Buch ist aus viel Asche entstanden. Aus der Asche eines früheren Lebens und während der langwierigen Krankheit und des Todes meiner Mutter. Wie ein Phönix erhebt es sich aus der Asche und verspricht mir Erneuerung und Neubeginn ...

Josef - *„Mein Blut ist deine Kraft!"*

Es war wieder so ein Tag, an dem ich einen meiner Kunden abholen sollte. An solchen Tagen brauchte ich viel Ruhe um mich herum, damit der Ablauf planmäßig verlief. Obwohl meine Kunden alle Zeit der Welt hatten, musste ich dennoch meine Zeit so einteilen, dass ich außer den bürokratischen Dingen und der kirchlichen Zeremonie noch mein persönliches Ritual durchführen konnte.

Die Leichenhalle war quadratisch und mit Röhrenlampen versehen, die ein kühles Licht auf den grauen PVC-Boden warfen. Alle Leichenhallen, die ich kannte, hatten die gleiche Atmosphäre. Sie waren unpersönlich und kalt – im Gegensatz zu den Gräbern, die von den Angehörigen liebevoll geschmückt wurden.

* * *

An jenem Tag übernahm ich die Leiche einer Frau, die mit sechsunddreißig Jahren an Hautkrebs verstorben war. Sie hinterließ zwei kleine Kinder und einen Ehemann.

Ich konnte in ihrem Gesicht weder Anzeichen eines schlechten Gewissens noch von großem Leid erkennen. Sie sah aus wie all meine anderen Kunden, die ich bisher beerdigt hatte: blass und hohl. Eine leere Hülle, die während des Umzugs der wahrhaftigen Seele einfach bei mir abgelegt wurde. Meine Aufgabe war eintönig und banal. Ich musste diese Hülle sorgfältig einbalsamieren und so tun, als ob ich sie mit meiner Arbeit für alle Ewigkeiten aufbewahren konnte.

Ich kam mit dieser Lüge nicht klar und erfand eine Lösung. Sie bestand sowohl für meine Kunden als auch für mich in einer Befreiungszeremonie, in der Befreiung von den irdischen Lasten, um einen Neustart für das ewige Leben zu rechtfertigen. Meine Kunden sollten es gut bei mir haben, sich wohlfühlen. Genauso wie sie auf diese Welt kamen, sollten sie auch wieder gehen, ohne dass sie für die weltlichen Sünden zu büßen hatten, denn dieses Leben hatten sie bereits überstanden, ob gut oder schlecht.

Nun sollten sie einfach weiterreisen, an einen Ort, an dem Grenzen keine Bedeutung mehr haben. Ich las ein Gebet für Neugeborene und nicht für Verstorbene. Denn das war meine Philosophie: Im ewigen Leben gab es für mich kein Sterben, sondern nur einen anderen Raum, den man durchqueren musste. Ich fühlte mich wie ein Türsteher, ich hielt für meine Kunden das Tor auf. Das war es, was ich für meine Kunden tun konnte.

* * *

Nur wurde ich in letzter Zeit zunehmend unzufriedener mit meiner Arbeit. Ich konnte nicht gut schlafen und dachte bis tief in die Nacht unablässig über mein Leben nach. Ich war allein und hatte keinerlei bedeutende Kontakte. Ich sehnte mich besonders nach der Nähe einer Frau, die mich auf dieser kalten Reise begleiten sollte. Als Kind erlebte ich, wie meine Mutter mit meinem Vater liebevoll umging, wenn er von der Arbeit nach Hause kam. Und als er starb, wollte sie, dass ich für ihn bete, damit seine Seele Frieden finden konnte.

Mein Vater war ebenfalls Bestatter und er hatte mir alles notwendige Wissen vermittelt. Er sagte, dass die Bestatter eine ehrenvolle Arbeit hätten. Man begleite die Toten auf ihrer letzten Reise ins Jenseits und kümmere sich dabei um den Beerdigungsablauf, damit die Angehörigen sich vom Verstorbenen mit Würde verabschieden können. Als Kind hatte ich vor den toten Menschen Angst. Ich flehte meinen Vater an, eine andere Arbeit zu verrichten, aber er entgegnete mir nur: „Josef, mein Sohn, wir alle werden irgendwann sterben. So ist nun mal das Leben." Drei Monate nach dem Tod meines Vaters starb auch meine Mutter. Sie konnte ihn nicht mal dort, im Jenseits, allein lassen.

* * *

Was mich betrifft, konnte ich nie heiraten. Klar, Freundinnen hatte ich hier und da schon, aber nicht auf Dauer. Ich verabredete mich sehr häufig, nur etwas Ernsteres kam nie zustande. Die Frauen sagten zwar nichts, aber ich kannte die Wahrheit. Ich wusste, dass sie mit meiner Arbeit Probleme hatten. Ich hatte ebenfalls einige Probleme. Nicht nur mit der Arbeit, auch mit dem Land, in dem ich lebte oder besser gesagt zu leben versuchte. Ich mochte es einfach nicht mehr. Ich war kurz davor, alles an den Nagel zu hängen, meinen verstaubten Hintern ins Flugzeug zu setzen und auf und davon zu fliegen, aus dem Grau ins Licht. So wie einige andere hierzulande einfach auswanderten.

Ich hielt die gefühlskalten Gesichter, die Jammerlappen, die Besserwisser und all die humorlosen, kühlen und arroganten Menschen nicht mehr aus. Ich musste unbedingt weg!

Weg, aber mit welchem Geld sollte ich denn einen Neubeginn wagen? Mein Geschäft zu verkaufen war zwar eine Idee, doch ich befürchtete, dass es nicht viel Geld einbringen würde. Aber irgendetwas musste ich tun. Dann nahm mir das Schicksal diese immer wieder vertagte Entscheidung ab. Es geschah auf dem Weg zur Leichenübernahme eines Kunden, der bei einem Autounfall ums Leben gekommen war. Ich war spät dran. Die Familienmitglieder warteten bereits auf mich. Obwohl ich langsam fahren sollte, raste ich auf der spiegelglatten Straße wie ein Wahnsinniger.

Dabei träumte ich vor mich hin und dachte an die schönen Cafés am Mittelmeer. An einer Stelle war es besonders glatt. Ich verlor die Kontrolle über mein Fahrzeug, kam von der Fahrbahn ab und prallte mit voller Wucht gegen einen Baum. Der Autounfall war die bittere Antwort auf meine Träume.

Den heiß ersehnten Süden konnte ich nun in einem Sarg aus meinem Laden für alle Ewigkeit begraben.

Das bisschen Licht der Hoffnung in meinem farblosen Leben verdunkelte sich schlagartig, als der Doktor mir mitteilte, dass ich wahrscheinlich querschnittsgelähmt sein werde. In diesem Moment weinte ich bitterlich. Vielleicht zum ersten Mal aufrichtig. Ich wünschte mir nur noch, in einem meiner Särge aus meinem Geschäft weggetragen zu werden.

„Hören Sie auf, mich zu zwicken!", rief ich laut. „Ich fühle nichts, gar nichts!"

„Bleiben Sie ruhig, mein Herr, es wird schon wieder", entgegnete der Arzt.

Dieser Idiot. Es wird schon wieder? So kann er seine Alte vertrösten, aber nicht mich! Ich weiß nicht mehr, wie ich diese Zeit im Krankenhaus überstand. Womöglich mit Unmengen an Beruhigungsmitteln, die mir verabreicht wurden.

Als ich nach Monaten endlich wieder nach Hause durfte, ging erst mal gar nichts mehr. Ich kam mit meinem Rollstuhl nicht klar und überhaupt war alles im Haus für mich unerreichbar. Ich schämte mich sehr, als ich eine überaus nette Dame zur Pflegerin bekam.

Zu meinem Glück – bei allem Unglück - blieb sie nicht sehr lange. Sie war mit ihren Kräften schon am Ende gewesen, als sie versucht hatte, mir meine Hose anzuziehen. Schweißgebadet sagte sie mir: „Mannomann,

Sie sind mir aber ein Brocken!" Eigentlich war das auch nicht verwunderlich. Ich war ein Meter fünfundachtzig groß und hatte eine kräftige Statur. Vor dem Unfall hatte ich keine Probleme damit, aber nun wollte ich im Boden versinken und für immer dort bleiben. Bevor sie das Haus verließ, versprach sie noch kurz und ungerührt, mir einen kräftigeren Pfleger nach Hause zu schicken.

Sie hatte nicht zu viel versprochen. Ein zwei Meter großer Türke, kräftig wie ein Bär, kam dann zu mir. Er ähnelte eher einem Häuptling als einem Durchschnittstürken.

Sein Name war Kartal, was Adler bedeutet. Er wollte aber, dass ich ihn bei seinem Vornamen Yusuf rief. So geheimnisvoll und mystisch, wie er aussah, passte sein Name recht gut zu ihm. Er selbst nannte mich *Dost*, auf Türkisch bedeutete es „treuer Freund".

Seine Hände waren sehr warm. Wenn irgendeine Region meines Körpers besonders schmerzte, brauchte er dort nur seine Hand aufzulegen, schon ging es mir wieder besser. Er war auch sehr stark, hob mich hoch wie eine Puppe und setzte mich mühelos aufs Bett oder auf die Toilette. Nein, ich schämte mich bei ihm niemals wie bei den anderen. Wozu auch? In seiner Gegenwart verspürte ich eine tiefe Vertrautheit, die ich mir nicht erklären konnte.

Das Essen, das er zubereitete, war immer kulinarisch und fast jedes Mal köstlich. Und die „Dede-Korkut-Geschichte" aus türkischen Sagen, die er mir vor dem Kamin erzählte, kam mir vor wie von einem anderen Stern.

Ja, ich mochte diesen seltsamen Mann. Zweifellos war er der beste Freund, den ich je hatte. Es ging schon so weit, dass ich mir ein Leben ohne ihn nicht mehr vorstellen konnte. Nur eins konnte ich mir nicht erklären: Es kam mir immer wieder seltsam vor, dass sein Name meinem glich, und auch vom Charakter her waren wir sehr ähnlich. Außer unserer Hautfarbe war er wie ich – oder ich war wie er. Er sprach sogar mit meinen Worten und exakt mit dem gleichen Humor machte er Witze. Ich erkannte mich an seiner Nervosität und an seinem Gang, den ich einst hatte, wieder.

War das ein Zufall oder sah ich es nur so, weil er mein bester Freund wurde? Wie auch immer, ich vertraute ihm voll und ganz. Ich glaube, er mochte mich auch, und darum vertraute er mir sein Geheimnis an. Ich kann mir nicht vorstellen, dass er das getan hätte, wenn ich für ihn nur ein gewöhnlicher Patient gewesen wäre.

* * *

Es war mein dreißigster Geburtstag. Der Winter brachte nur Einsamkeit und schreckliche Kälte mit sich. Wäre mein Freund nicht an meiner Seite gewesen, hätte ich den Winter wohl nicht überlebt. Er fragte mich, was ich mir am sehnlichsten wünschte. Ich antwortete mit einem einfachen Wort: „Füße". Natürlich wollte ich einmal wieder richtig laufen können.

Er saß still da und schaute lange Zeit in meine Augen. Schließlich sang ich ein Lied, das ich gerade selbst erfunden hatte, und mein treuer Freund begleitete mich mit seinem leisen Getrommel.

Die Trommeln
zogen mich aus der Grube der Verlorenen.
Bewahrer des Friedens im Chaos,
seine Hände sind sehr groß.
Aber die Krallen der Wunde sind mächtiger,
sie lassen mich nicht los.
Wann kann ich wieder gehen, Schamane?
Wann kann ich wieder sehen?

Die Trommeln
begraben mich in dem Nabel der Erde.
Bewahrer des Friedens im Chaos,
sein Stern auf dem Baum ist sehr groß.
Aber die Sünden der Menschen sind mächtiger,
sie lassen mich nicht los.
Wann kann ich wieder gehen, Schamane?
Wann kann ich wieder sehen?

Nachdem ich das Lied beendet hatte, erklärte er mir mit ernstem Blick: „Deine Wünsche sollen in Erfüllung gehen, Dost. Ich werde dein drittes Auge öffnen und dann wirst du wieder gehen können. Bist du bereit, dir eine Geschichte anzuhören, die wahrhaft aus einer anderen Welt stammt?"

Seine Stimme hatte sich verändert. Wenn ich ihn nicht so gut gekannt hätte, wäre mir bei dieser Stimme angst und bange geworden. Aber ich bejahte vertrauensvoll, ohne jegliche Furcht, und hielt mich mit meinen sonst so neugierigen Fragen zurück.

„Dost, ich will aus deinem Herzen die Verzweiflung und die Tränen wegnehmen, dir eine Tür öffnen, die kein menschliches Auge je gesehen hat. Auch wenn mich dies in Gefahr bringt."

Nachdem er das gesagt hatte, seufzte er tief und wurde für eine Weile still. Schließlich begann er zu erzählen.

Ich hörte ihm mit gemischten Gefühlen zu und war fasziniert von dem, was ich zu hören bekam.

Diesmal handelte die Geschichte nicht von „Dede Korkut" und auch nicht von irgendwelchen Heldentaten aus den türkischen Sagen.

Es war eine Geschichte über einen geheimen Zaubertrank. Nur wenige Schamanen und Kams wussten davon. Er verriet mir das Geheimnis seines Stammes und ich musste ihm schwören, dies niemandem weiterzuerzählen.

„Allein ein Schluck dieses Zaubertrankes reicht aus, um deine frühere Gehfähigkeit wiederzuerlangen."

„Das ist genial! ", schrie ich ganz erregt.

Ich jubelte, denn ich konnte nicht erwarten, endlich wieder laufen zu können. Im Rausch des Glücks sah ich meinem Freund nicht an, dass ihn etwas schwer bedrückte.

„Es macht mich glücklich, dich lachen zu sehen, Dost", sprach er und versuchte, mir ein Lächeln zu schenken.

„Nun, alles Gute hat auch seinen Nachteil", fügte er dann traurig hinzu.

„Meinst du, dieses Zeug hat irgendwelche Nebenwirkungen?"

„Ich meine, du solltest diesen Zaubertrank nur einmal benutzen." Er machte eine Weile Pause, um die richtigen Worte zu finden. Schließlich fuhr er fort: „Was ich damit sagen will, ist, es funktioniert leider nur für eine bestimmte Zeit. Von einer Neumondnacht bis zur nächsten. Danach solltest du den Zaubertrank schnell wieder vergessen, um nie mehr in Versuchung zu kommen, dieses Teufelszeug auch nur einmal in den Händen zu halten, sonst wirst du schwach."

Ich warf ihm einen traurigen Blick zu, doch er ignorierte mich und fuhr mit einem Ton fort, bei dem ich mir nicht sicher war, ob er wirklich kühl war oder einfach nur besorgt. „Dost, du wirst für immer an dein Bett gefesselt sein, deswegen ist die Versuchung zu groß. "

„Es geht also nur für einen Monat?", stellte ich laut fest und hatte den Hauch einer kindlichen Enttäuschung in meiner Stimme, der mich selbst überraschte.

„Was ich zu sagen versuche, ist … Also, einige weitere Male würde es noch gehen, aber ich kann dir nur empfehlen, dies nicht zu tun, denn dafür musst du mit dem Erlik Khan einen Pakt schließen", antwortete er und holte tief Luft.

„Inwiefern? Und wer in aller Welt ist Erlik Khan?", fragte ich energisch und richtete mich mit meinem Oberkörper so auf, dass ich um ein Haar aus meinem Bett gefallen wäre. Yusuf konnte mich mit einer schnellen Reaktion gerade noch abfangen und in die Mitte meines Bettes zurücksetzen.

„Erlik Khan ist der Herrscher der Unterwelt, bei den Christen oder im Islam nennt man ihn den Teufel oder Satan. Er ist der Sohn des Himmelsgottes Tengri. Er kontrolliert die Reinkarnation der in der Unterwelt hausenden Seelen. Und wenn er eine Seele festhält, ist es sehr schwer, sich aus seinen Krallen zu befreien. Falls du doch ein zweites Mal von dem Zeug trinkst, musst du die Sünden eines Verstorbenen auf dich nehmen. Somit hilfst du ihm, zum Licht zu gelangen. Doch das ist bei Weitem noch nicht alles."

Er machte erneut eine Pause und tat so, als ob er sich etwas fast Vergessenes ins Gedächtnis rufen würde. Ich sah ihm aufgeregt zu und wartete gespannt auf das, was er mir gleich sagen würde. Als er endlich fortfuhr, konnte ich nicht glauben, was ich zu hören bekam.

„Sobald die Sünden des Verstorbenen an dir haften, wird mich, als Vermittler dieses Paktes, ein schrecklicher Fluch ereilen. Für jeden Schluck, den du vom Zaubertrank zu dir nimmst, werde ich Höllenqualen leiden. Das ist der Preis, Dost, den wir dafür zahlen müssen. Und zum Schluss werden wir beide wahrhaftig im Reich von Erlik Khan landen und dort bis in alle Ewigkeit schmoren."

Ich konnte meinen Ohren nicht trauen. Das, was ich da hörte, war so scheußlich und unrealistisch grotesk, dass es einfach der Hölle entstammt sein musste. „Ich … ich würde gerne deine Hilfe annehmen, um meine Füße mal wieder spüren zu können. Aber was, wenn Erlik Khan mich verführt und ich mich ein zweites oder gar ein drittes Mal entscheide, davon zu trinken? Ist das nicht ein zu großes Risiko, um es überhaupt zu wagen?"

Darauf antwortete Yusuf zunächst nicht. Er wirkte auf einmal so abwesend, als ob er vergessen hätte, worüber wir uns gerade unterhalten hatten.

„Bitte? Ich bin gerade mit den Gedanken ganz woanders gewesen. Was sagtest du?", fragte er plötzlich mit veränderter Stimme.

„Ich fragte, was passieren wird, wenn Erlik Khan mich ein zweites Mal verführt? Soll ich es überhaupt wagen?"

„Tut mir leid, ich weiß nicht, was du meinst", beteuerte er.

Ich verstand Yusufs Reaktion nicht. Ich fragte mich, wieso er sich nicht daran erinnern wollte, worüber wir gerade gesprochen hatten.

„Ich meine das Elixier, das du mir geben wolltest. Ach, weißt du was? Vergiss es! Ich hätte mir denken können, dass das nur ein Scherz war. Toller Geburtstagsscherz!", spottete ich beleidigt.

„Geburtstagsscherz?", fragte er mit einem naiven Blick, dann schüttelte er schnell den Kopf. Er wirkte fast wie ein Vogel, der sein Federkleid von Staub befreien wollte.

„Dost, es tut mir leid. Ich spüre schon sehr lange, dass etwas nicht stimmt. Ich leide unter Vergesslichkeit", sagte er, als er wieder zu sich kam. „Mein Gedächtnis lässt mich immer wieder im Stich. Manchmal erinnere ich mich an die Zeit, in der ich noch ein kleines Kind war. Manchmal vergesse ich die Gegenwart, als ob ich sie nie gelebt hätte. Ich bitte dich, Dost, erzähl mir alles, worüber wir gesprochen haben, damit ich erfahre, was ich schon wusste, bevor es mir genommen wurde."

„Genommen von wem? Meinst du, jemand stiehlt dir deine Erinnerungen?", fragte ich.

„Nicht nur das, er spielt mit meinen Gedanken wie mit einem Spielzeug."

Ich ahnte, wer das sein könnte, und zögerte deshalb, über Erlik Khans Zaubertrank zu sprechen. Ich konnte mich nicht entscheiden, ob ich besser meinen Mund halten und weiterhin an mein Bett gefesselt bleiben oder es doch einmal versuchen sollte, für einen Monat meine Gehfähigkeit wiederzuerlangen. Obwohl mir eine Stimme sagte, dass ich es lieber lassen solle, erzählte ich ihm dennoch alles Wort für Wort und rief ihm in Erinnerung, worüber wir gerade gesprochen hatten.

Danach saßen wir eine Zeitlang still da und schauten dem Feuer im Kamin zu. Die Flammen tanzten wild und teilten uns mit, dass das, was wir da vorhatten, ein gefährliches Spiel war. Waren wir überhaupt bereit, mit Erlik Khan zu tanzen?

„Was ist mit dir? Wieso solltest du dieses Risiko auf dich nehmen und es für mich tun?", brach ich schließlich die Stille.

Er lächelte leicht und sagte dann: „Mein einziger Wille ist, dir einen Geburtstagswunsch zu erfüllen und dir einen ganzen Monat lang deine Füße zu schenken, Dost. Mehr will ich nicht."

Nach dem Abendessen saßen wir nun in der finsteren Winternacht vor dem fast erloschenen Kaminfeuer und schwiegen uns an. Nach einer Weile stand mein treuer Freund Yusuf auf und klopfte mir mit einem selbst-sicheren Lächeln auf die Schulter: „Denk nicht so viel nach, Dost. Nur, wenn du bereit bist. Nur dann. Ich bin bei dir." Ich lächelte zurück und bedankte mich erneut für seine herzliche Freundschaft.

Ich war in meinem eigenen Körper gefangen und konnte mich keinen Millimeter mehr rühren. Das Gefühl des hilflosen Mannes brachte mich dazu, alles Mögliche zu versuchen, um meine Glieder noch ein einziges Mal zu spüren. Dass ich einmal gelähmt sein würde und ohne fremde Hilfe nicht einmal mein kleines Geschäft erledigen könnte, hätte ich mir niemals auch nur ansatzweise vorstellen können.

Das Einzige, was ich noch tun konnte, war, mich daran zu erinnern, wie einfach es früher für mich gewesen war, vom Bett aufzustehen und ohne Weiteres aus dem Haus zu gehen. Aber bald würden auch diese Erinnerungen verblassen und meinen Traum, eines Tages vielleicht wieder gehen zu können, mit sich nehmen. Die Erinnerung an das Gefühl, mich uneingeschränkt bewegen zu können, verblasste allmählich.

So vergingen einige Monate. Ich quälte mich damit, die richtige Entscheidung zu treffen. Aber der Gedanke, einmal wieder von allein aufstehen und laufen zu können, wuchs in meinem Kopf Tag für Tag wie ein Tumor. Und an dem Morgen, als ich glaubte, ich wäre bereit, diesen Schritt zu wagen, kam Yusuf pünktlich wie immer vorbei und brachte die Frühstücksbrötchen und die Tageszeitung mit.

Nachdem er meine morgendliche Pflege beendet hatte und wir gemeinsam frühstückten, saßen wir wieder wortlos vor dem Kaminfeuer, bis ich mit meiner kratzigen Stimme die Stille durchbrach.

„Ich bin bereit!", erklärte ich im Brustton der Überzeugung. Daraufhin sah Yusuf mich an und ich spürte, dass er schon wusste, was ich in meinem leblosen Körper durchmachte. Ich las von seinen Augen ab, was er mir am liebsten sagen würde: Ich spüre deinen Kummer am eigenen Leib. Du bist nicht allein, Dost. Dann nickte ich ihm dankend zu.

Er sagte nichts, stand langsam auf und stellte das Servierbrett, das er die ganze Zeit in der Hand gehalten hatte, auf dem Tisch ab, nahm mich hoch, brachte mich ins Schlafzimmer und legte mich vorsichtig aufs Bett.

„Du sollst jetzt hier ganz ruhig liegen!", befahl er nur und ging ins Wohnzimmer zurück. Dort machte er sich daran, das Feuer im Kamin zu schüren.

Ich beobachtete ihn vom Bett aus durch die offene Tür und bewunderte seine langen schwarzen Haare und den muskulösen Körper.

Dann kam er zurück ins Schlafzimmer, zog eine kleine Flasche mit einer klaren grünen Flüssigkeit aus seiner Hemdtasche heraus und stellte sie auf dem Nachtkästchen ab. Anschließend ging er in die Küche und kam mit einem scharfen Messer und einem kleinen Gefäß wieder, das er ebenfalls auf dem Nachtkästchen abstellte. „Dies ist das Elixier der Gier. Dieser Zaubertrank ist mit Vorsicht zu genießen, denn er wurde zwar von Menschen bestellt, doch nicht von Menschenhand hergestellt", erzählte er leise, als ob ein unbefugter Geist ihm zuhören würde. Dann wandte er sich zum Fenster und sah hinaus. „Es ist ein Test für uns beide, mein Freund, ob wir es beim ersten Mal lassen oder ob unsere Gier stärker ist als wir."

Ich nickte tonlos und lauschte aufmerksam seinen weisen Worten.

„Alles Schlechte hat mit der Gier des Menschen angefangen, Dost. Erst haben sie die Seelen der Natur vergiftet, dann die Flüsse und nach und nach alles andere auf dieser Welt. Die Menschen sollten alles andere als an den Schöpfer und seine Gaben glauben. Falsche Lehren und Unwahrheiten wurden von Mund zu Mund über Tausende von Jahren weitergegeben. Die wahren Gottesgegner spielten ihr Spiel mit dem Wort Gottes und genau das verwirrte die Menschen so sehr. Aber ob man ihnen Glauben schenkte oder nicht, das war nicht der ausschlaggebende Punkt. Schuld war die Vernachlässigung der Aufgaben, die jeder Einzelne von uns hätte erledigen sollen."

„Jetzt, da es viel zu spät ist, wollen viele Menschen etwas dagegen tun. Doch der Kampf scheint längst verloren zu sein", entgegnete ich.

„Du sagst es! Der Verlust geht über alles hinaus und die Menschen verlieren den Kontakt zur Natur und zu ihrer Ehrfurcht gebietenden Macht!"

Draußen goss der graue Himmel seinen Regen nieder, als ob er alles Unheil dieser Erde fortspülen wollte.

Mir aber waren Sonne, Regen und Schnee gleichgültig. Ich betrachtete alles Geschehen wie eine Topfpflanze am Fenster. Die Tropfen des Himmels schienen mir so unwirklich und gleichermaßen unerreichbar weit weg zu sein. Die Worte meines Freundes über die Gier der Menschen konnte ich zwar verstehen, aber ich befand mich gleichzeitig auf der anderen Seite der Medaille und wünschte mir, so selbstsüchtig es auch klang, von ganzem Herzen meine Gehfähigkeit zurück.

Er schraubte den Deckel von der Flasche, tröpfelte drei Tropfen in das Gefäß und verschloss die Flasche sorgfältig.

„Mein Blut ist deine Kraft,
deine Kraft ist in mir.

Meine Beine sind deine Beine,
ich bin eins mit dir.

Ich gehe mit deinen Füßen
auf dem Pfad der Gerechten.

So leih mir deine Flügel.
Der Adler, der über die Berge
sein mächtiges Haupt erhebt.

Erhelle mich mit deinem Licht,
mit dem Erlik Khan zusammenbricht."

Mit diesen Worten entblößte er seinen linken Arm, nahm das Messer und ritzte mit einem Schnitt eine kleine Wunde in seine Haut. Sofort quoll etwas Blut heraus. Ohne Eile nahm er das Gefäß in die Hand und ließ drei Tropfen Blut hineinfallen. Mit einer Art Tanzritual vermischte er das Blut mit dem Elixier, bis es eine rotbraune Farbe annahm. Dann ließ er das Gefäß auf dem Tisch stehen und nahm seine Trommel in die Hand.

Schließlich tanzte er ekstatisch, aber immer noch mit einer bewundernswerten Eleganz zu den rhythmischen Impulsen der Trommel, die er selbst spielte. Ich war mir sicher, dass die alten türkischen Schamanen ihre Energie mit diesem Tanz aufnahmen, um sowohl das Selbst zu nähren als auch ihren Zauber damit auszuführen. Um eins zu werden mit der Welt, folgte Yusuf schließlich den Mustern der Erde. Er bewegte sich hin und her, so wie die Weltmeere sich bewegten, die Wolken aufstiegen und fielen und die Vulkane ausbrachen.

Die ganze Zeit beobachtete ich ihn aus meinem Bett heraus und wartete ab, dass auch ich endlich an dem Ritual aktiv teilnehmen konnte.

Abrupt beendete Yusuf seinen Tanz, hob das Gefäß mit dem blutigen Inhalt wie ein kostbares Gut auf und übergab es mir. Ich sah ihn an und wusste, dass nun meine Zeit gekommen war. Einen kleinen Schluck von meiner Freiheit entfernt, wollte ich nicht mehr länger warten. „Auf unser Wohl!", sagte ich und kippte das rotbraune Elixier hinunter. Kaum hatte ich das bittere Zeug heruntergeschluckt, überkam mich der Drang, das Bett ein für alle Mal zu verlassen.

Zuerst aber geschah gar nichts und ich glaubte schon, dass der Zauber bei mir nicht funktionieren würde. Doch als ich mich erneut aufrichten wollte, begann mein Kopf zu brummen. Meine Beine zitterten wie die eines Rehkitz', das gerade auf die Welt gekommen war. Ich hörte Yusuf immer noch trommeln, obwohl er damit schon längst aufgehört hatte. Dann sah ich ihn das Elixier mit seinem Blut vermischen.

Ich wusste nicht, was mit mir geschah. Ich befand mich in einem fremdartigen Raum, in den Vergangenheit und Gegenwart ineinander übergegangen waren. Ich schob die weiße Baumwolldecke, die wie ein Leichentuch auf mir lag, beiseite und richtete mich hoch. Ich wusste, dass mein Freund mich genau beobachtete, wie ich aus meinem Bett aufstand und mich mit langsamen Schritten vorwärtstastete. Ein leises Lächeln umspielte seine Lippen. Ich zögerte nicht lange, öffnete die Tür und rannte den Gehweg entlang bis zum Park, in dem ich früher immer sehr gern spazieren gegangen war. Zunächst betrachtete ich die Bäume, die nach der lang anhaltenden Kälte bereits ihre Knospen hervorgeholt hatten. Es war so herrlich, dass ich anfing zu weinen. Ja, ich weinte so viel, wie meine Tränenkanäle an Flüssigkeit hergaben.

Ich war monatelang ans Bett gefesselt gewesen. Ein Gefangener hatte es gewiss besser gehabt als ich, denn er konnte, wann immer er wollte, seine Füße benutzen und gehen. Ich dagegen hatte nicht einmal einen meiner Zehen bewegen, geschweige denn einen Schritt tun können.

Und an den unendlich langen Abenden, wenn die Dunkelheit vom Himmel herabgefallen war und mich in meinem Bett eingehüllt hatte, war ich so einsam wie ein Grabstein gewesen. Aber jetzt sollte alles anders werden!

Für einen Monat würde ich meinen Weg gehen und das Leben genießen können. So lange, bis der Mond wieder verschwinden würde.

Ich bemerkte, dass Yusuf hinter mir stand, und drehte mich um. Er lächelte und versprach: „Ich lasse dich jetzt allein und komme beim nächsten Neumond wieder."

Ich für meinen Teil konnte mein Glück immer noch nicht fassen. Yusuf hatte mir nicht zu viel versprochen, dieser unfassbare Zauber funktionierte wirklich gut. Ich wollte plötzlich nur noch laufen, laufen und laufen …

Am nächsten Tag saß ich direkt in einem Reisebüro, um eine zweiwöchige Reise in die Türkei, Yusufs Heimatland, zu buchen. Ich wollte eine kleine Rundreise unternehmen, um diese geheimnisvolle Kultur näher kennenzulernen. Mir war klar, dass ich in einem Monat nicht alles über dieses Land wissen würde. Um etwas Zeit zu gewinnen, wollte ich auf Klischees verzichten und mir mein eigenes Bild machen. Auf dieser Reise wollte ich zugleich ein wenig die Landessprache lernen, um mich mit meinem treuen Freund Yusuf in seiner Sprache unterhalten zu können.

Ich hatte einen guten Flug und begann meine Rundreise in Istanbul. Die ersten zwei Tage vergingen sehr rasch. Ich sah mir die blaue Moschee und das Topkapi-Museum an.

Am Abend saß ich in einem Fischrestaurant auf der Terrasse und blickte begeistert auf den malerischen Bosporus. Ich ging fast nur zu Fuß und mied die überfüllten Busse und Taxis. Am Abend des zweiten Tages verließ ich Istanbul. Die Metropole war mir einfach zu hektisch und überfüllt. Ich wollte Berge sehen und barfuß an einem Strand entlanglaufen. Ich fuhr ans Mittelmeer, dann in Richtung Ägäis. In einem kleinen Fischerdorf in der Nähe der Stadt Izmir machte ich halt. Ich begab mich in ein Restaurant in Ufernähe und erfrischte mich nach meiner langen Reise. Ich fragte auch nach einer Übernachtungsmöglichkeit. Der Wirt war äußerst liebenswürdig und bot mir in seinem Haus ein Zimmer an. Ich hatte Glück und bekam sogar ein Zimmer mit Meeresblick.

Vier Tage blieb ich in diesem kleinen Dorf. Es waren die bis dahin schönsten Tage meines Lebens. Ich wachte mit dem Sonnenaufgang auf, frühstückte zusammen mit der Familie des Wirtes auf der Terrasse und das Meer leuchtete mir entgegen. Doch ich wollte noch viel mehr sehen, bevor meine Zeit ablaufen und ich wieder an mein Bett gefesselt sein würde. Bis ich wieder ein Gefangener in meinem eigenen Körper sein und nur darauf warten würde, dass der Tod mich eines Tages abholen kam.

Um meine Freiheit zu genießen, hatte ich also nicht mehr viel Zeit. Also packte ich meine Sachen zusammen, verabschiedete mich von dieser wunder-vollen Familie und fuhr in Richtung Ostanatolien, genauer gesagt zum Vansee. Von dort aus wollte ich weiter zum Berg Ararat. Als ich in der Stadt Van eintraf, suchte ich gleich die Touristeninformationsstelle auf und erkundigte mich nach einer neuen Bleibe.

Am nächsten Tag, das war der siebte Tag meiner Reise, machte ich eine Wanderung zu den Dörfern und Tälern rund um den Vansee. Statt mich den anderen Touristen anzuschließen, die mit einem Touristenführer die Umgebung erkunden und anschließend den Berg Ararat besteigen wollten, entschloss ich mich, allein weiterzugehen. Das Bergsteigen konnte noch warten. Ich wollte nur laufen, so lange bis meine Kräfte mich verlassen würden.

Auf meiner Wanderung lernte ich nicht nur die Zeugnisse der bewegten Geschichte Ostanatoliens kennen, sondern wurde eins mit ihnen. Ich war von der Gegend so fasziniert, dass ich alles um mich herum vergaß.

Der Wasserfall des Bendimahi bei Muradiye war ein eindrucksvoller Ort. Durch eine tiefe Schlucht floss er Richtung Vansee. Ich sah ihm lange zu und wollte am liebsten hineinspringen und mich in ein Wasserwesen verwandeln, das sich schließlich von dem Fluss mitreißen ließ. Ich lief den Wasserfall entlang und überquerte eine recht wackelige Hängebrücke, die mich zu einem kleinen Restaurant führte. Ich saß auf der Terrasse, trank meinen Çay und betrachtete den Wasserfall aus der ersten Reihe. Gegen Abend wollte ich zum Hotel zurückkehren und suchte den Pfad durch die Dörfer, von wo ich gekommen war. Aber ich musste feststellen, dass ich mich ganz schön verlaufen hatte.

Nach ein paar Kilometern machte sich Panik in mir breit. Ich hatte mich von den Wasserfällen schon sehr weit entfernt und es wurde immer dunkler.

Die Umgebung war in ein unheimliches Licht getaucht, das so aufregend war wie eine Naturkulisse in einem Endzeitfilm. Weit und breit gab es kein Anzeichen von Zivilisation. Ich hatte keine Ahnung, wo ich mich befand und welche Richtung ich überhaupt einschlagen sollte. Einen Wegweiser, der mir vielleicht noch eine Orientierung hätte geben können, gab es nicht.

Mein Mobiltelefon hatte ich gar nicht erst mitgenommen, da es mir in der Türkei sowieso wenig nützen würde - das hatte ich naiverweise gedacht. Mich packte die Furcht. Was, wenn ich bis in die tiefste Nacht hinein immer noch nach dem richtigen Weg suchte?

Zugleich kam mir ein rettender Gedanke. Ich könnte ja versuchen, mich wie unsere Vorfahren an den Sternen zu orientieren.

Der Gedanke gefiel mir und machte mir Mut. Ich wählte den Weg, der zwischen schneebedeckten Hochgebirgen und erloschenen Vulkanen hindurchführte. Ich suchte das weite Land um den Vansee, vielleicht traf ich jemanden, den ich nach meinem Hotel fragen konnte.

Es wurde allmählich finster und ich verlor die Hoffnung fast erneut, da kam ich an einen Waldrand. Ich war sehr erleichtert, als ich dort eine kleine Holzhütte entdeckte. Ich freute mich riesig, dass ich nach der langen Sucherei endlich jemanden nach dem Weg fragen konnte. Aber schnell wurde mir klar, dass die Hütte leer stand.

Sie wurde wahrscheinlich nur als Sommerhaus genutzt. Ich sah in die Richtung der schon längst untergegangenen Sonne, wandte mich schließlich um und brach in Richtung Osten auf. Während ich weiterlief, achtete ich ständig darauf, ob mir in dieser fremden Gegend etwas bekannt vorkam, um mich ein wenig in Sicherheit fühlen zu können.

Solch eine große Verzweiflung hatte ich in meinem bisherigen Leben nur einmal erlebt. Das war an dem Tag, an dem der Arzt mir mitgeteilt hatte, ich sei querschnittsgelähmt und müsse mein restliches Leben in einem Rollstuhl verbringen.

Je mehr sich die Dunkelheit ausbreitete, desto mehr riss ich meine Augen auf, um überhaupt noch etwas zu erkennen. Vergebens. Das Einzige, was mir in dem Moment vertraut war, war die Nacht selbst und vielleicht noch das drohende Gewitter, das sein Unwesen in der Ferne trieb. Als ich in einen Waldweg abbog, umgab mich die nasse Schwärze wie Friedhofserde im Regen, glitschig und dicht. Ich hatte das Gefühl, darin zu ersticken.

Dämonenartige Bäume, die ihre Krallen über mir ausbreiteten. Es war wirklich ungemütlich, ich fror am Oberkörper. Erstaunlicherweise hatte der untere Teil meines Körpers, der mit dem Zaubertrank zum Leben erweckt worden war, seine Normaltemperatur beibehalten.

Nach einer Weile entdeckte ich in unmittelbarer Nähe einen Schatten, der sich in meine Richtung bewegte. Zwischen den hohen Bäumen tastete ich mich vorsichtig vorwärts, während die Finsternis mich endgültig einhüllte. Im gleichen Moment blitzte es und ich bekam einen riesigen Schreck. Im Bruchteil einer Sekunde, in der das grelle Licht die Gegend erhellte, glaubte ich, ein drachenähnliches Wesen gesehen zu haben.

Als sich mir das Schattenwesen näherte, hatte ich das Gefühl, plötzlich keine Luft mehr zu bekommen. Das Wichtigste in diesem Augenblick aber war, nicht in Panik zu geraten und mit ein wenig Logik an die ganze Sache ranzugehen. Alles hatte doch eine Erklärung! Ich musste mir nur beweisen, dass es kein Drache oder kein Dämon war.

Doch die Quelle meiner Angst war die Tatsache, dass ich vor Kurzem ein wundersames Schamanen-Elixier zu mir genommen hatte, für dessen Wirkung es ebenfalls keine Erklärung gab. Ich versuchte, dieses Beispiel aus meinen Gedanken zu verbannen und mich an den Glauben zu klammern, dass mir meine Augen nur einen Streich spielten. Ich brauchte lediglich einen einfachen Beweis dafür, dass ich nichts Schlimmes zu befürchten hatte. Und für den Fall, dass es nicht nur eine reine Sinnestäuschung war, hätte ich zumindest die Gewissheit erlangt, anders handeln zu müssen. Ich nahm einen Stein vom Boden und warf ihn in die Richtung des unheimlichen Schattens. Da sah ich, wie er sich in der Mitte teilte. Jetzt erkannte ich, dass es sich um zwei Leute und einen Lastesel handelte, und musste lachen. Sie marschierten nebeneinander, feuerten den Esel an, schneller zu gehen, da er unter seiner Last nur langsam voranschritt. Er war beladen mit Obst und Gemüse, die in zwei geflochtenen Körben getragen wurden.

Ich wusste nicht, welche Richtung die kleine Gruppe einschlagen wollte, vermutete aber, dass an ihrem Ziel mehr von ihnen sein mussten. Die Hoffnung, den Weg zum Hotel doch noch wiederzufinden, wuchs mit der Erleichterung. Als ich mich der Gruppe näherte, sah ich einen alten Mann mit einer weiß gestrickten Gebetsmütze auf dem Kopf und neben ihm eine Frau, etwa achtundzwanzig oder älter. Als sie mich sah, hielt sie unvermittelt ihren Esel an.

„Selamun Aleykum", grüßte ich freundlich. „Ich suche ein Dorf namens Alkasnak. Können Sie mir sagen, wie weit ich vom Weg abgekommen bin? Ich fürchte nämlich, dass ich mich ordentlich verlaufen habe", erklärte ich und verspürte plötzlich ein Gefühl von Unwohlsein, als ich die skeptischen Augen des alten Mannes sah. Der Mann sagte etwas zu mir, aber mein Türkisch war nicht besonders gut. Ich verstand seine Worte nicht und wiederholte deswegen meine Frage. Erst als ich die junge Frau Deutsch sprechen hörte, gewann ich Vertrauen.

Es machte mir Mut und gab mir neue Energie, dass ich mit viel Glück in einer so abgelegenen Gegend offenbar die richtigen Leute getroffen hatte.

Sie sah mich mit freundlichen Augen an. „Das Dorf ist in der Nähe des Ortes, wo wir auch hinwollen. Sie können ein Stückchen mit uns laufen", antwortete sie mit einem zauberhaften Lächeln. Ich fühlte erneut, wie ein Blitz einschlug, doch dieses Mal in meine Gefühlswelt. Das raubte mir den Atem. Sie war eine Frau von außergewöhnlicher Schönheit und mit geheimnisvollen braunen Augen.

Als ich mich ihr näherte, glättete sie ihr schwarzes Haar verlegen über ihre Schulter. Ich glaubte schon seit Langem nicht mehr an die große Liebe. Vor vielen Jahren hatte ich den Standpunkt eingenommen, dass die Liebe nur eine Täuschung der Sinne ist. Ich hatte mich oft gefragt, was Liebe eigentlich bedeutet. War das alles nicht nur eine hormonelle Reaktion des Körpers, um für seine Nachkommen zu sorgen? Oder ein vorgegaukelter göttlicher Zustand, bei dem man mit jemandem eins wurde, nur um sich dann wieder zu teilen? Oder bloß ein Gefühl, das die Menschen wie Marionetten in den Händen hielt? Wer wusste das schon.

Dieses Herzklopfen, das ich verspürte, wenn ich an der Wäsche meiner Liebhaberinnen roch, die sie absichtlich auf dem Stuhl zurückgelassen hatten. Ein Anruf von ihnen und ihre lieblichen Stimmen am Hörer riefen in mir ein solches Glücksgefühl hervor, dass ich damals sogar mit den Kunden meiner Särge hätte tanzen können. Doch jedes Mal verblasste der Glanz schnell wieder und wie jede Verliebtheit gingen auch diese Momente schnell vorbei.

Was zurückblieb, war eine gähnende Leere, die sich bis zur Unendlichkeit auszubreiten schien. Ein Loch auf dem einst heiß geliebten Foto, aus dem so lange das Blut floss, bis jeder Zauber endgültig erloschen war und es leblos zurückblieb.

Seitdem ich an die Liebe als eine hormonelle Reaktion glaubte, konnte ich mich nicht mehr richtig verlieben. Liebe war für mich nur noch ein perverses Spiel der Dämonen, das sie mit uns Menschen trieben.

Aber in dieser Nacht wurde mir schlagartig bewusst, was ich all die Jahre übersehen hatte, etwas, was mir den Zauber des Himmels zurückgab.

Durch das Funkeln in ihren Augen überkam mich unvermittelt ein Gefühl, das mir durch Mark und Bein ging und ein regelrechtes Chaos in mir auslöste. Ein Chaos zwischen Himmel und Hölle. Als ich schließlich den Sternenhimmel über ihr erblickte, erfüllte mich eine eigenartige Freude, die mir bis dahin fremd gewesen war. All meine negativen Erlebnisse, die mit Herzensangelegenheiten zu tun hatten, waren auf einmal wie weggeblasen.

Obwohl ich noch drei Wochen Zeit hatte, bis ich wieder in meine Lähmung verfallen würde, und ich mir eigentlich fest vorgenommen hatte, so viel wie möglich von der Welt zu sehen, blieb ich für den Rest meiner Türkeireise in Alkasnak. Jede Minute meines Lebens wollte ich mit ihr verbringen und alles andere um mich herum vergessen. Das war aber leichter gesagt als getan, denn jedes Mal, wenn ich an meine Rückreise dachte, fühlte ich mich krank. Ich versuchte zwar, diese Gedanken zu verdrängen und so zu tun, als ob dieser Tag nie käme. Aber das gelang mir immer seltener, denn ich wurde oft genug daran erinnert, dass diese schönen Tage bald ein Ende haben würden.

In solchen Momenten wurde es unheimlich still um mich. Eine ungewöhnliche Kälte erfasste mich und zog meinen Körper in die Tiefen der Erde. Ich spürte einen fremdartigen Schmerz, als ob Tausende von Maden durch meine Haut herauskröchen. Mich packte eine ungeheuerliche Panik und brachte mich in ihre Gewalt. Keuchend warf ich mich auf die Straße und suchte verzweifelt nach einem Ort, an dem ich mich vor meinem Schicksal verstecken könnte. Und wenn ich wieder einmal verrückt vor Angst wie ein Narr durch die Gegend geirrt war, brauchte ich danach ihre Nähe mehr denn je, um mich in ihren Mandelaugen zu verlieren und überhaupt ins Hier und Jetzt zurückzufinden.

Yusuf - „Deine Kraft ist in mir!"

Ich merkte, dass der Zeitpunkt gekommen war. Mutter Kam hatte es ebenfalls gefühlt. Je mehr ich mich darauf freute, desto größer wurde meine Angst. War ich stark genug für den Umzug zum Nabel der Erde? Würde ich es je schaffen, in die obere Welt aufzusteigen, wie die Schamanenbräuche es von mir verlangten? Würde ich die Herausforderung, das Reich der Unterwelt und des Erlik Khan unversehrt zu passieren, bewältigen können, um mit den einzigartigen Schamanenkräften in die Oberwelt zurückzukehren?

Würde ich jemals ein richtiger Schamane werden? Diese oder ähnliche Gedanken schossen mir durch den Kopf und lösten in mir beunruhigende Gefühle aus, die mir zuflüsterten, alles aufzugeben und dieses gefährliche Vorhaben hinzuschmeißen, um noch einmal mit Leib und Leben davonzukommen. Ich wusste, dass ich mich vor dieser Ängstlichkeit schützen musste, auch wenn es mich viel Kraft kostete, Kraft, die ich für meine einmalige Reise zweifellos brauchte.

Als ich eines Tages zur rechten Zeit am rechten Ort stand, kam mir ein Zeichen des Himmels ins Haus geschossen, sodass ich entsetzlich schreien musste. Ein Blitz schlug in mein Zelt ein und nahm mich in seine Gewalt. Ich zitterte und rief, so laut ich konnte, nach Mutter Kam. Ich wusste, dass sie nur auf diesen

Augenblick gewartet hatte. Ich vernahm ihre Stimme aus der Ferne, langsam, tief und mit einer eigenartigen Melodie.

„Sohn", begann sie, „komm heraus und zeig mir deine Augen. Komm heraus und zeig mir deine Seele. Es regnet über dich der Staub der Sterne. Wirst du heute Yusuf, der Schamane?"

Ich fühlte, dass sie schon wusste, dass es so weit war, aber sie suchte die Bestätigung. So kam also der Tag, an dem ich erleben sollte, wie man eine Prüfung ablegt, um ein richtiger Schamane zu werden.

Mutter Kam war eine weise Frau mit einem grimmigen Gesichtsausdruck, als ob sie in ihrem mystischen Leben schon öfter durch Höllenfeuer gegangen wäre. Aber an jenem Tag lächelte sie zuversichtlich, als hätte sie ihre eigene Natur vergessen. Nur konnte mich nicht einmal ihr Lächeln beruhigen. Ich blickte sie an, vor Furcht wie gelähmt. Sie schaute mir lange in die Augen, dann nahm sie mich in ihre Arme und drückte mich so fest, dass meine Wirbelsäule leichte Knackgeräusche von sich gab. Ich fühlte, wie eine wohlige Wärme von ihrem zu meinem Körper wechselte.

Sie lehrte mich, wie man durch einen rituellen Tanz in der eigenen Zukunft wandeln konnte, wie man die Kräfte der Natur für sich arbeiten oder welches Gebet Licht oder Düsternis einfach verschwinden ließ.

Als ich alles verinnerlicht hatte und kurz vor der großen Prüfung stand, brachte sie mir noch bei, wie ich meine neuen Kräfte sinnvoll anwenden konnte, um diese schwierige Aufgabe überhaupt zu bewältigen.

Mutter Kam begleitete mich auf eine nahe gelegene Bergspitze. Wir waren den ganzen Tag lang geklettert, um den Gipfel zu erreichen. Auf dem Prüfungsplatz erwarteten uns bereits die anderen Schamanen und achtzehn Kinder, die bei dem Ritual dabei sein mussten. Der Älteste der Gruppe überreichte mir ein Schamanengewand, das ich für meinen Aufenthalt in der anderen Welt anziehen sollte. Nun war der Zeitpunkt gekommen!

Ich nahm neun Jungen auf meine rechte und neun Mädchen auf meine linke Seite. Hinter mir nahm Mutter Kam ihren Platz ein und sprach einen Schwur, den ich wiederholen musste.

Ich versprach ihr, dass ich von nun an den armen, kranken, bedürftigen und schwachen Menschen helfen und die Yer Su und Okto Khan, die Geister der hohen Berge, mit Respekt behandeln werde. Dann gab sie mir ein Zeichen, dass ich mit dem Ritual anfangen solle.

So begann ich, meine Trommel zu spielen, und fühlte, wie sich die Tore der Hölle weit öffneten. Alle erwarteten nun, dass ich unverzüglich eintrat. Und das tat ich auch, so, wie der Brauch es von mir verlangte.

Nachdem ich meinen rituellen Tanz beendet und die gewünschte Geisteshaltung eingenommen hatte, geschah es.

Ich wurde in ein dunkles Erdloch hineingezogen und musste gegen etliche Höllendämonen kämpfen, was mit den Naturgesetzen des wahren Lebens nichts zu tun hatte, da es über seine eigenen Naturgesetze verfügte. Ich hätte es nie gewagt, festgelegte Ordnungen durcheinanderzuwirbeln und zwischen der Ober- und Unterwelt einen Konflikt auszulösen, wenn ich nicht davon ausgegangen wäre, dass alles wieder in Ordnung kommen würde. Doch ich wurde von den Ältesten und den Sternenbotschaftern abermals gewarnt. Ich war kein Träumer, der vor der Wirklichkeit floh und in einer Scheinwelt vor sich hinschwebte. Aber ich konnte beim besten Willen nicht sagen, welche dunklen Mächte im Spiel waren.

Ob ich, falls ich zu besagtem Zeitpunkt einen Fehltritt geahnt hätte, es dennoch gewagt hätte, einmal die Kräfte meines Blutes in Gebrauch zu nehmen? Ich konnte es nicht mit Gewissheit sagen.

Obwohl ich mir im Nachhinein vieles nicht mehr ins Gedächtnis rufen durfte, erinnerte ich mich so gut an diesen Tag, als ob es heute gewesen wäre.

Diese Rückblenden, die wie rollende Lavasteine auf mich zukamen, brachten meinen Verstand oft zur Weißglut, nicht aber zum Weinen.

Weinen konnte ich schon lange nicht mehr. Denn wo keine Seele ist, gibt es auch keine Tränen.

Alles begann mit dem Schrei meiner Mutter. Unser Zelt stand in der hinteren Reihe des Dorfes, nahe dem Waldrand. Ich war im Wald und hackte etwas Holz fürs Feuer, so wie ich es jeden Tag machte. In Panik rannte ich zu unserem Zelt zurück. Mutter Kam lief mir schon entgegen und flüsterte mir die Namen der Çors, der bösen Geister, zu und dazu noch ein seltsames Gebet, während sie mit mir zum Zelt eilte.

Vaters rechter Fuß war eigenartig nach hinten verdreht und sah sehr entstellt aus. Seine Augen waren blutunterlaufen und er selbst blass wie eine Leiche. Ich wollte unbedingt wissen, was um Himmels willen denn passiert war. Er blieb stumm und blickte mir nur tief in die Augen. Er kannte den Wald in- und auswendig, doch irgendetwas hatte ihm große Angst bereitet, die er niemandem mitteilen wollte.

Von da an ging es meinem Vater, dem Schwarzen Wolf, nicht gut. Er konnte keinen Fuß mehr auf den Waldboden setzen und niemand wusste, warum. Er wurde bettlägerig und flüsterte den ganzen Tag wirres Zeug vor sich hin. „In der Vollmondnacht, da werden sie kommen und mich holen!", wiederholte er ständig.

Mutter Kam meinte, dies seien die Waldgeister gewesen, mein Vater müsse sie verärgert haben, deswegen würden sie seine Seele festhalten.

Aber instinktiv fühlte ich, dass mehr dahintersteckte als die Waldgeister. Ich hatte zwar keine Ahnung, wie ich meinem Vater helfen konnte, ahnte aber, dass etwas sehr Schreckliches mit ihm geschehen würde, wenn ich bis zur nächsten Vollmondnacht nichts unternahm.

So stieg ich abermals auf die Berge, dort, wo die Sternenbotschafter, Schamanen und Kams sich trafen, in der Hoffnung, dass sie mit dem Hohen Berggeist Altay Khan sprachen und mir etwas Neues berichteten. Etwas, womit ich meinem Vater helfen konnte.

An jenem Abend, kurz vor Mitternacht, saßen wir am Feuer und hörten Mutter Kams Gesang zu. Sie sang und tanzte so lange in die Nacht hinein, bis ihre Stimme die gesungene Melodie nicht mehr beherrschte und nur noch wie ein Schreien klang.

Die Nacht umhüllt die Wege,
der volle Mond öffnet die Tür!
Die Nacht umhüllt die Seele,
der volle Mond öffnet die Tür!
Oh, du großer Geist der Berge,
Altay Khan, Altay Khan!
Gesegnet seien deine Füße,
komm und heile unsere Seele.
Gib uns Feuer, gib uns Wärme!
Bade uns in deinem Licht der Freude!
Altay Khan, Altay Khan!

Wir meditierten jeden Abend und baten die Geister der Berge um Hilfe. Doch nichts geschah. Es war, als hätten die Kräfte der Oberwelt uns verlassen.

Eines Abends, als ich den Rückweg zu unserem Dorf antrat, fühlte ich mich wortwörtlich von allen guten Geistern verlassen. Ich beschloss, in den Wald zu gehen und den Ort aufzusuchen, an dem mein Vater seinen Verstand verloren hatte. Ich hoffte, die Waldgeister zu treffen, um sie um Vergebung zu bitten und ihnen zu sagen, dass das, was auch immer mein Vater getan hatte, ein Irrtum gewesen sein musste.

Obwohl ich den Weg kannte und mich im Wald immer sicher gefühlt hatte, war an dem Abend alles anders. Die vertrauten Wege waren kaum zu erkennen. So völlig mutterseelenallein fühlte ich weit und breit nur die seltsame Stille des erstarrten Waldes. Ich konnte meine Angst kaum unterdrücken, doch ich lief weiter und weiter, bis ich das Revier erreichte, in dem mein Vater an jenem Tag jagen war.

Als ich so durcheinander und orientierungslos umherirrte, kam mir ein altes Männlein mit grauen Haaren und großen Ohren entgegen. Ich hob die Fackel, die ich von der Feuerstelle des Dorfes mitgenommen hatte, um deutlicher zu sehen. Es sah sehr freundlich aus und fragte nach meinem Begehr. Ich antwortete ihm, dass ich den weisen Waldgeist Baay Bayanay suche. Das Männlein näherte sich und untersuchte neugierig mein

Gesicht, danach fragte es erneut: „Warum sucht ein junger Mann wie du den weisen Baay Bayanay? Hast du etwas ausgefressen?"

„Ich … ich will ihn etwas fragen!", antwortete ich zögerlich.

„Soso, etwas fragen willst du ihn also? Nehmen wir einmal an, ich sei der weise Waldgeist. Nur zu, frag mich, was du willst! Ich kann alle Fragen beantworten. Es sei denn, deine Frage gefällt mir nicht", sagte es schroff, lehnte sich an eine Fichte und verschränkte die Arme vor seiner Brust.

Ich erzählte dem Alten nun von meinem Vater und fragte ihn, ob er zufällig wisse, was an jenem Tag im Wald vorgefallen sei.

Das Männlein runzelte seine Stirn und blickte mich mit stechenden Augen an. Dann fing es an zu erzählen: „Als das Licht der Sonne auf unserem Heim ruhte und uns mit seinen Strahlen segnete, erstach dein Vater, der Schwarze Wolf, mit seinem Speer die Gazelle, die wir uns als Fruchtbarkeitssymbol des Waldes und als Symbol für den Frieden ausgewählt hatten. Und das hat Konsequenzen, mein Junge."

„Mein Vater konnte doch nicht wissen, dass diese Gazelle euer Symbol war. Warum wird er für etwas bestraft, was er unabsichtlich getan hat?"

„Dein Vater wusste genau, was er tat!"

„Sie hören sich ja an, als ob mein Vater den Wald-frieden zerstört hätte. Ist das denn wirklich so ein großes Problem?", wollte ich verblüfft wissen.

Genervt kraulte das Männlein seine Ohren und schaute einige Zeit still in das Feuer meiner Fackel. Dann fuhr es ungerührt fort: „Dein Vater handelte aus reiner Gier und nicht aus Bedarf. Nun ist das Gleichgewicht zer-stört. Und wir wissen ehrlich gesagt nicht, wie wir es wiederherstellen können. Dass dein Vater die Gazelle erstochen hat, ist vielleicht für ihn nicht von Bedeu-tung, aber so sind nun mal die Gesetze der Natur: Was zerstört wird, kommt so schnell nicht wieder zurück. Aber was noch schlimmer ist: Der Verlust löst ein Chaos aus, das viel Schaden anrichten kann. Zweifellos ist dieses Chaos auch eine Gelegenheit für die Gottesgeg-ner und wir hören bereits, wie sie mit ihren finsteren Fingern wieder in die Dinge hineinbohren, die weder den Menschen noch uns guttun."

„Ich bitte Sie, mein Herr, eine Gazelle mehr oder weniger, was macht das schon?", entgegnete ich energisch.

„Wenn es sich dabei um eine ganz normale Gazelle gehandelt hätte, hätten wir noch ein Auge zudrücken können. Aber sie war nun mal unser Fruchtbarkeits- und Friedenssymbol. Ihr Tod hat einen Krieg zwischen den dunklen Mächten und den göttlichen Kräften aus-gelöst."

„Und was bedeutet das?", fragte ich in einem naiven Ton.

„Das bedeutet, dass in naher und in ferner Zukunft eine Nahrungsknappheit kommen wird. Die Menschen werden Regenwälder abholzen, die Bienen werden aussterben und Hungersnöte werden Kriege auslösen. Die Natur wird sich rächen. Ungleichheiten werden einen Klimawandel auslösen und verheerende Katastrophen mit sich bringen. Das ist das Problem, mein Junge! Alles hat mit der Gier des Menschen angefangen und nur Erlik Khan profitiert davon."

„Aber das könnte man doch rückgängig machen, oder nicht? Ich bitte Sie um Vergebung, bitte verzeihen Sie meinem Vater. Was kann ich tun, um es wiedergutzumachen? Was es auch immer ist, ich bin bereit, alles zu tun", flehte ich das Männlein an.

„Vielleicht sollte es so sein. Im Moment kannst du nichts dagegen tun. Das einzig wahre Heilmittel ist die Zeit. Wenn du Geduld hast, heilt Zeit viele Wunden, mein Junge. Ich fürchte nur, dass der Prozess bereits begonnen hat."

„Nein! Bitte, mein Herr, es muss doch noch eine andere Lösung geben", rief ich verzweifelt.

„Übe dich in Geduld. Es gibt nichts, was du jetzt noch tun kannst. Geh zu deinem Stamm zurück und warte ab, wenn du warten kannst. Also dann, geh jetzt und sei gewarnt, denn gerade jetzt, wo das Gleichgewicht zerstört ist, lauern unzählige Feinde, die einen täuschen und so in die Irre führen möchten." Als der Alte seinen Satz zu Ende gesprochen hatte, drehte er mir seinen Rücken zu. „Halt das Feuer von dir fern, mein Junge, und lass dich niemals auf ein Spiel ein, bei dem du nicht aus ganzem Herzen davon überzeugt bist, dass du es gewinnen kannst", sprach er noch und eilte in den dichten Wald hinein.

„Was meinen Sie mit Spiel?", rief ich ihm noch hinterher, doch er antwortete nicht mehr.

Es begann zu regnen, und als ich aus dem Wald herauskam, tröpfelte es auf meine Fackel.

Plötzlich zischte es und ein großer Funken sprang auf mich zu. Erschrocken wich ich zur Seite. Ich dachte augenblicklich daran, dass mich der Waldgeist gewarnt hatte. Doch war das schon alles? Wohl kaum, dachte ich im Bruchteil einer Sekunde. Bevor ich mich zum Weglaufen entschied, spürte ich, wie etwas Kaltes meinen Nacken berührte.

Panisch drehte ich mich um. Hinter mir war aber nur die leere Dunkelheit. Ich versuchte mich zu beruhigen und sagte mir, dass das nur der Wind sein könne. Obwohl der Abend ruhig und still war, ohne jeden Windhauch, hatte ich keine andere Erklärung dafür.

In dieser Nacht konnte ich nicht schlafen, sondern dachte ständig an die Ermahnungen des Waldgeistes. Eine innere Stimme sagte mir: Denk nicht mehr darüber nach. Denk lieber darüber nach, wie du deinem Vater helfen kannst. Die Begegnung mit dem Waldgeist Baay Bayanay hatte statt der erhofften Hilfe nur unnötige Verwirrung in meinem Kopf gestiftet.

Am Tag darauf machte ich mich auf den weiten Weg zum Flussufer, um dort ein paar Kräuter für Mutter Kams Medizin zu sammeln. Sie versorgte meinen Vater seit Tagen mit dem Trank, den sie nur für ihn mischte. Vaters Zustand aber wurde dadurch keinen Deut besser, im Gegenteil, aus seinem Mund kam nun Schleim heraus und er rang nach Luft zum Atmen.

Obwohl es ihm schlechter ging als zuvor, hoffte ich, dass diese bittere Medizin bald anschlagen und er wieder zu sich kommen würde. Ich konzentrierte mich darauf, die richtigen Kräuter zu finden, doch an der Stelle, an der ich sonst immer gesammelt hatte, fand ich keine frischen Blätter mehr. Also ging ich durch das seichte Flussbett auf die andere Seite des Flusses. Dort fand ich endlich, wonach ich suchte: viele frische Kräuter und Pflanzen, die ich für Wundheilungen benutzte.

Ich beendete meine Arbeit und band die Pflanzen mit einem Wollseil auf meiner Schulter fest. So hatte ich meine Hände für meinen Holzstock frei, um das Gebüsch aus dem Weg zu räumen. Auf dem Weg zum Dorfplatz wollte ich eine kurze Rast einlegen und suchte mir vor einem Felsbrocken einen gemütlichen

Platz, um mich etwas auszuruhen. Doch das war ein Fehler, wie sich im Nachhinein herausstellte. Als ich mich auf den Boden setzte, spürte ich einen brennenden Schmerz in meinem Bein und sprang schnell wieder auf.

So ein Mist, dachte ich. Ausgerechnet hier draußen, wo ich noch so weit vom Dorfplatz entfernt bin, muss mich ein Skorpion stechen. Ich hoffte, nicht allzu viel Gift abbekommen zu haben, und quetschte aus der Wundstelle ein paar Tropfen Blut heraus. Dann lief ich zügig weiter in Richtung Dorf.

Nach einigen Meilen wurde die Einstichstelle dicker und ich konnte vor Schmerzen kaum noch laufen. Fluchend band ich das Kräuterpaket von meinem Rücken ab und bereitete mir aus einigen Blättern einen Wundverband zu, den ich ganz fest um mein Bein zurrte. Ich wollte mich gerade aufrichten, als sich das Gebüsch zu meiner Rechten bewegte. Unwillkürlich zuckte ich zusammen und sah etwas davonhuschen, konnte aber nicht erkennen, was es war. Mir blieb nicht viel Zeit zum Nachdenken, denn es dauerte nicht lange, bis sich durch die Stichwunde eine Lähmung in meinem Bein ausbreiten würde. Mir wurde schwindelig und ich sackte zu Boden. Weit und breit war kein Mensch zu sehen, den ich hätte um Hilfe bitten können. Eine Zeit lang wartete ich, in der Hoffnung, dass jemand zufällig vorbeikam.

Während ich so unbeweglich und hilflos dalag, sah ich auf einmal ein Mädchen vor mir stehen. Sie war um die zehn Jahre alt. Was für ein Wunder, dachte ich, doch um mich aufrichtig zu freuen, war ich zu skeptisch. Ich wusste nicht, ob ich noch wach war oder das alles nur träumte. Es war so surreal. Doch dann schaute ich in die grünen Augen, mit denen das Mädchen mich unentwegt anstarrte, ohne etwas zu sagen. Mir wurde warm ums Herz, als ob die Gottheit Ülgen mit mir gesprochen hätte. Vielleicht war es auch etwas anderes. Ich schaute fragend zurück und rieb mir mit der linken Hand über den Nacken, weil sich ein starker Kopfschmerz einstellte.

„Hallo", flüsterte sie. „Alles in Ordnung?"

Ich wollte zwar Nein sagen, doch ich stieß ein Ja hervor. Sie lief mit einer schnellen Bewegung um mich herum. Ihre nackten Füße tappten leise über das Gras. „Was ist passiert?", fragte sie mit kindlicher Besorgnis.

„Ein Skorpion hat mir ins Bein gestochen", antwortete ich und fragte dann, ob sie einen Erwachsenen zu mir schicken könne.

„Was haben Sie darauf gebunden?", wollte sie wissen, ohne auf meine Frage einzugehen.

„Etwas Wasserminze", sagte ich und lächelte, um meine Schmerzen zu verbergen.

„Was kann ich für Sie tun?", fragte sie freundlich.

„Ich brauche einen Erwachsenen. Würdest du jemanden zu mir schicken?", bat ich erneut.

„Sie können hier nicht allein bleiben, ich wohne da drüben. Dort gibt es Leute, die sich um Sie kümmern können." Sie deutete mit der Hand in die Richtung, aus der sie gekommen war.

„Hör zu", sagte ich, „ich kann mich nicht gut bewegen und glaube nicht, dass ich es bis dorthin schaffen werde. Sei so nett und schick jemanden, der mir helfen kann."

Das Mädchen sah mir sehr ernst in die Augen. „Bitte, stehen Sie auf! Ich begleite Sie in unser Dorf."

„Wem gehörst du an, Kind, wie nennt sich dein Stamm?", wollte ich wissen, während ich mein Bein betastete.

„Los, kommen Sie. Sie müssen hier weg!", rief sie eilig, ohne meine Frage zu beantworten.

„Wieso, wer bist du? Ich verstehe nicht, was das alles soll!"

„Bitte, beeilen Sie sich. Sie dürfen nicht hierbleiben", erwiderte sie mit besorgter Stimme.

„Schaut euch das an! Dudu, du ungezogener Moorgeist", rief plötzlich jemand, der sich uns von hinten näherte. Es war ein seltsamer Mann im mittleren Alter, mit hohen Wangenknochen und leuchtend grünen Augen.

Obwohl er mit seiner krummen Gestalt einen abstoßenden Eindruck machte, war ich froh, dass endlich ein Erwachsener aufgetaucht war.

„Um Ülgens Willen, der …", erschrak das Mädchen.

„Hoho! Hier herrscht nicht Ülgens Wille, sondern meiner", unterbrach der Mann das Mädchen und lachte so laut, dass ich mir die Ohren zuhalten musste.

„Dudu, sag mal, Kindchen, hat dich dein Vater Arcuri nicht schon mehrmals ermahnt? Hat er dir nicht immer wieder gesagt, dass du mit Fremden nicht sprechen sollst, hä?"

„Bitte, bitte … tun Sie mir nicht weh", flehte das Mädchen den seltsamen Mann ängstlich an.

„Dudu, du kleiner, undankbarer Moorgeist, du hältst dich wohl für einen Wassergeist, den Suiye. Wieso konntest du dich dann nicht befreien, als du von einer Bedik gefangen wurdest? Halte mich nicht für schlechter, als ich bin. Immerhin habe ich dir dein Leben gerettet."

„Ja, mein Herr, Sie haben mir das Leben gerettet." Das Mädchen zog sich zurück und senkte den Kopf auf ihre Brust. „Verzeihen Sie mir, mein Herr!"

Er lächelte peinlich berührt und kam näher zu mir. „Ich fürchte, mein unbemerktes Herantreten hat Sie erschreckt. Bitte lassen Sie mich Ihre Wunde ansehen", sagte er und löste, ohne meine Antwort abzuwarten, rasch den Wundverband.

Mittlerweile war die Wunde zu einem Geschwür herangewachsen. Der Mann kaute auf etwas Grünem, aber ich konnte nicht erkennen, ob es sich um eine Pflanze oder etwas anderes handelte. Er spuckte es in die Wunde und erklärte gleichzeitig, dass es ein wenig brennen werde. Das, was in den nächsten Minuten passierte, konnte ich kaum glauben: Den glühenden Schmerz zu spüren und gleich danach die Erlösung zu erleben, befreit von all der quälenden Tortur, war ein unbeschreibliches Gefühl. Ich konnte mein Bein wieder bewegen! Und was die Wundstelle betraf: Sie war wie durch ein Wunder einfach abgeschwollen.

Ich wusste nicht, was da vor sich ging, und verstand nicht, wie ein Tropfen Spucke so schnell eine Heilung herbeizaubern konnte. Das war etwas, wovon sogar die ältesten und weisesten Schamanen nur zu träumen wagten.

Ich sprang hoch, als ob nichts geschehen wäre, und konnte mein Glück nicht fassen. „Aber mein Herr, überstrapazieren Sie Ihr Bein nicht. Es kann sein, dass sich noch etwas Gift in der Wunde befindet, das noch nicht neutralisiert worden ist. Mit dieser Art von Skorpiongift muss man vorsichtig sein. Bitte folgen Sie mir ins Dorf, dort kann ich noch eine gute Salbe auf die Wunde auftragen", erklärte er mit einer freundlich wirkenden Geste.

„Ich danke Ihnen sehr. Ich weiß nicht, was Sie mit mir gemacht haben, aber mir geht es wirklich gut. Ich denke, es ist nicht nötig, Ihre kostbare Salbe für meine Wunde zu verschwenden. Außerdem habe ich wenig Zeit, denn ich muss so schnell wie möglich in mein Dorf zurück."

„Vergeben Sie mir, ich möchte Ihnen eine Frage stellen: Wollen Sie mir nicht verraten, was so wichtig ist, dass Sie durch eine solche Eile Ihren eigenen Leib in Gefahr bringen?", fragte er mich in teilnahmsvollem Ton. Ich ging davon aus, dass er mich mit meinen Sorgen ernst nahm.

„Mein Vater ist unheilbar krank und ich fürchte, dass es nicht mehr lange dauert, bis er stirbt. Ich muss die Kräuter zu Mutter Kam bringen, damit er noch eine Weile bei uns bleiben kann. Ich hoffe, Sie verstehen, was ich meine", schilderte ich mit bedrückter Stimme meine Situation, die sich aber mit seinem nächsten Satz schlagartig ändern sollte.

„Was für eine Krankheit dein Vater auch immer hat, es gibt keine unheilbaren Krankheiten, mein Junge. Außer meiner Spucke habe ich noch zahlreiche andere Heilmittel, vielleicht kann ich ihm helfen, wenn du es gestattest."

Ein langer weißer Nebel zog quer über den Weg. Es war, als drohte man in eine Blindheit zu verfallen. Um mich ja nicht zu verirren, lief ich dicht neben dem alten

Mann. Das Mädchen flüsterte mir leise zu, ich solle bloß nicht weitergehen. Das überhörte ich aber nur zu gern, denn ich wollte um jeden Preis ein Heilmittel finden, das meinen Vater wieder auf die Beine brachte. Ich war damals noch kein erfahrener Schamane, aber insgeheim ahnte ich, dass dieser alte Mann kein richtiger Schamane war, zumindest keiner von der Sorte, die ich kannte.

Die Wahrscheinlichkeit, dass er mit den dunklen Mächten des Himmels zu tun hatte, wovor mich wahrscheinlich der Waldgeist warnen wollte, war hoch.

Es war sicherlich nicht weniger schlimm, sich den Flammen der Hölle auszusetzen, als von ihm Hilfe anzunehmen. Doch eine andere Hoffnung gab es für mich nicht. Als sich der Nebel ein wenig gelichtet hatte, führte uns der Weg geradewegs ins Dorf hinein. Dann erblickte ich etwas, was ich in meinem Leben noch nie zuvor gesehen hatte: ein gewaltiger Steinbau, dessen Tor an beiden Seiten von riesigen Säulen bewacht wurde.

„Bitte, gehen Sie nicht dort hinein!", rief mir das Mädchen zu.

„Schweig, Kind!", schrie der alte Mann ihr gebieterisch zu. Dann wandte er sich an mich und sprach mit einem freundlicheren Ton: „Tja, sie ist eben ein böses Kindchen, das keinem etwas Gutes gönnt. Nun folge mir, mein Sohn, gleich bekommst du ein Heilmittel, das dich vor Ehrfurcht erstarren lassen wird, wenn dein Vater wieder auf die Beine kommt."

„Oh, mein Herr, ich danke Ihnen sehr! Was Sie von mir auch haben wollen, ich bin bereit, es Ihnen zu geben", versprach ich gedankenlos. Wie dumm und unvorsichtig ich handelte, sollte mir erst später klar werden. Aber auch wenn ich gewusst hätte, worauf ich mich da einließ, wäre es mir in dem Moment egal gewesen. Hauptsache, ich konnte meinem Vater irgendwie helfen.

Als wir durch das Tor gingen, stiegen mir unangenehme Gerüche in die Nase. Es roch nach Moder und Tierfäkalien. An diesen widerlichen Gestank sollte ich mich noch lange erinnern, wahrscheinlich um den Tag, an dem ich meine Seele verkaufte, niemals zu vergessen.

„Eine Bedingung hätte ich allerdings", sagte er.

Ich ließ ihn gar nicht erst ausreden, sondern antwortete: „Egal, was es ist, ich stimme zu!"

So kam es, dass ich mit dem Widersacher Tengris einen Pakt schloss. All die Jahre verhielt ich mich wie ein machtloser Zuschauer, als die unbeschreibliche Bosheit der Hölle aus dem Jenseits über mich kam und sich meiner Seele bemächtigte. Mein Vater wurde zwar wieder gesund und starb im hohen Alter als glücklicher Mann, doch ich wanderte durch Zeit und Raum in der Hoffnung, eines Tages den Mann zu finden, der mich von all meinem Leid befreien, meine Seele von Erlik

Khan erlösen und mich ins Jenseits befördern würde. Oh ja! Der Tod wäre schöner gewesen. All die Jahre hatte ich mich nach ihm gesehnt.

In Frieden zu sterben, war für mich das erstrebenswerteste Ziel meines seelenlosen Lebens. Im weichen Schoß der Mutter Erde zu liegen, dort, wo es keine Vergangenheit, kein Jetzt und keine Zukunft mehr gibt, nur Frieden und sonst nichts.

Vielleicht war das der ausschlaggebende Punkt meines unachtsamen Handelns. Oder war es meine Vergesslichkeit?

Ich weiß nicht mehr, warum ich diesen teuflischen Zaubertrank erneut ans Tageslicht brachte. Vielleicht hatte ich die Gefahr, die hinter der Sache lauerte, einfach vergessen. Oh ja, ich vergaß sehr viel. Seit ich auf der Suche nach meinem Befreier Utha war, passierten so viele wichtige Ereignisse, die unwiderruflich aus meinem Gedächtnis verschwanden. Ich wanderte etliche Jahrzehnte in einer Art Traumzustand umher. Ich konnte mich zwar teilweise daran erinnern, woher ich kam und mit wem ich zu tun hatte sowie auch an einige kleine Details über die Schamanenbräuche und die verbotenen Mittel, aber alles andere blieb mit einem Nebelschleier verhüllt.

Manchmal versuchte ich, diesen Nebel wegzublasen und mir alles Vergessene ins Gedächtnis zu rufen. Ich nahm an irgendwelchen Gedächtnistrainings teil, die mir helfen sollten, mich an die entscheidenden Ereignisse in meinem Leben zu erinnern. Aber nichts half, ich konnte mich nicht von dieser grässlichen, sich stumpf anfühlenden Vergesslichkeit befreien. Ich fragte mich oft, warum das alles geschehe, was ich hier tue und was meine Zukunft sei.

Einmal hatte mir ein wichtiger Mensch, den ich äußerst schätzte und mochte, gesagt: „Jeder Mensch ist frei in seiner Entscheidung, aber auch verantwortlich für die Konsequenzen." Aber was war meine Entscheidung gewesen, dass deren Konsequenzen mich so lähmten? Denn ich wusste nicht mehr, was ich dem Erlik Khan am Tag des Paktes alles versprochen hatte.

Mein einziger Wunsch war es, den Menschen eine Hilfe zu sein, so wie die Schamanenbräuche es mir vorschrieben. Wie dieses Mal auch. Ich wollte meinem Freund helfen, der vielen verlorenen Seelen beim Übergang in die andere Welt geholfen hatte. Vielleicht wollte ich mir damit auch nur selbst helfen. Wenn ich an der Sache einen Vorteil gehabt hatte, hatte ich ihn vergessen.

So ging es mit mir schon etliche Jahre. Der Nebel wurde Jahr für Jahr dichter und ich irrte nur noch umher, von einer Geschichte zur anderen. Doch ab und zu kam mein Gedächtnis für eine kurze Zeit zurück. Als wäre er von einem leichten Windstoß angehaucht worden, versuchte dieser Nebelschleier sich zu bewegen.

Dann konnte ich einen Blick auf das werfen, was mir sonst verborgen blieb. Besonders in Neumondnächten konnte ich dieses Phänomen sehr stark beobachten. In diesen Nächten konnte ich mir etwas von meiner Vergangenheit zurückholen, das mir kurz darauf wieder entrissen wurde.

So erinnerte ich mich und vergaß all die Jahre, wonach ich eigentlich auf der Suche war. Als ich Josef traf, wusste ich nicht, was für eine Bedeutung er einmal für mich haben würde, aber ich fühlte mich auf Anhieb zu ihm hingezogen. An dem Tag, an dem ich erfuhr, was für einen Beruf er vor seinem Unfall ausgeübt hatte, brauchte ich nicht viel, um zu erraten, wer oder was mich in dieses Land getrieben hatte. Als ich mitbekam, was er in seiner Arbeit heimlich für seine Kunden tat, war ich davon überzeugt. Ich war mir sicher, dass es das war, wonach ich immer Ausschau gehalten hatte. Meine einzige Rettung: der Utha.

Josef hatte in seinem Bestattungsinstitut einen Weg gefunden, den Seelen der Verstorbenen ins Licht zu verhelfen, indem er mit ihnen ein einzigartiges Ritual vollführte.

Er betete insgeheim vor jedem Grab mit einer tiefen Verbundenheit zu den Himmelskräften, und zwar ohne jeglichen äußerlichen Zwang, sondern aus einer tiefen Überzeugung heraus und aus ganzem Herzen, damit die Verstorbenen in Gottes Hände gelangen konnten. Das war seine göttliche Aufgabe in dieser Welt. Ich glaubte, dass er zu diesem Zeitpunkt selbst nicht wusste, was er tat und wie wichtig er deswegen für die Verstorbenen war.

„Mein lieber Freund", sprach er einmal zu mir, „ich weiß nicht, was dich so traurig macht. Ich verstehe nicht, warum du dauernd vom Sterben und von Erlösung redest. Wir werden alle einmal sterben. Sieh doch, ich bin ein Mann, der in seinem eigenen Körper gefangen ist. Was gibt es denn noch Schlimmeres?"

Wenn er von meinem Leid gewusst hätte, wäre er bestimmt froh gewesen, dass er so war, wie er war. Aber das konnte ich ihm schlecht erklären.

In jener Nacht, in der ich in meinen Garten ging, um Blumensamen für eine Wundsalbe zu sammeln, öffnete sich der Schleier plötzlich wieder. Ich wollte gleich zurückgehen, um mir einen Stift zu holen und alles aufzuschreiben, bevor mein inneres Auge wieder erblindete. Da kam mir Mutter Kam entgegen.

Josef – „Meine Beine sind deine Beine!"

Bis Istanbul war alles okay. Der Rest der Fahrt verlief mit gemischten, unangenehmen und ängstlichen Gefühlen. Auf dem Weg vom Flughafen nach Hause stand mein Körper unter höchster Anspannung, die mich starr auf die Straße blicken ließ. Als der Taxifahrer in die Straße einbog, in der meine Wohnung lag, zeigte mein Körper erste Zeichen der Veränderung, obwohl es bis zur Neumondnacht noch drei Tage waren.

Zuerst wurden meine Zehen taub, nicht nur ein leichtes Kribbeln, nein, sie wurden richtig gefühllos. Das war ein unbeschreibliches, furchtbares Gefühl, das ich nicht mal meinem schlimmsten Feind wünsche.

„Bitte, warten Sie hier!", forderte ich mit einer betont gelassenen Stimme.

Der Taxifahrer hielt an und half mir mit meinem Koffer. Obwohl ich seine Hilfe benötigte, wollte ich nicht, dass er mich bis zur Tür begleitete. Ich wollte diese letzten Meter aus eigener Kraft schaffen.

Ich schloss die Haustür auf und sah Yusufs Schuhe vor der Diele stehen. Sogleich kam er mir, mit einer Gießkanne in der Hand, entgegen.

„Willkommen zu Hause, Dost", rief er mit einem strahlenden Lächeln. „Hattest du eine gute Fahrt?"

„Ausgezeichnet, danke", entgegnete ich und achtete darauf, dass es freundlich klang.

Er kam auf mich zu, blieb dicht vor mir stehen und sah mit seinen dunklen Augen auf mein zitterndes Bein herab. Es entstand ein kurzes Schweigen. Um es zu überbrücken, sagte ich: „Eine wunderschöne Heimat hast du, ich habe dort viele freundliche Menschen kennengelernt."

„Und auch ein Mädchen?", wollte er wissen, während er mein Lächeln erwiderte.

„Ja, auch ein wunderschönes Mädchen", antwortete ich und zwinkerte ihm mit einem Auge zu. Yusuf gab mir einen leichten Faustschlag auf die Schulter. Wir lachten und trugen meinen Koffer ins Schlafzimmer. Kaum sah ich mein Bett, blieb mir mein Lachen im Halse stecken. Dieser verdammte Ort, an dem ich mein restliches Leben überwiegend verbringen sollte, erschien mir in dem Augenblick wie ein trostloser Sarg. Obwohl Yusuf es mit frischer Wäsche überzogen und mit etlichen Kissen gemütlich dekoriert hatte, bereitete es mir keine Freude.

Yusuf bemerkte wohl mein Unbehagen. „Willst du dich nicht ein wenig hinsetzen? Deinen Koffer können wir auch später auspacken", sagte er. Seine Augen untersuchten kritisch meine Beine.

In Sekundenschnelle stieg mein Mageninhalt meine Kehle hoch, doch bevor Yusuf mich festhalten konnte, schob ich ihn zur Seite und bahnte mir einen Weg zur Toilette.

Nachdem ich alles, was mein Körper hergab, erbrochen hatte, richtete ich mich mühevoll wieder auf und wankte zum Medizinschrank. Ich suchte nach einem Beruhigungsmittel oder etwas, was diesen Ort erträglicher machen würde.

Als ich ein ganzes Baldrianfläschchen ausgetrunken und die Schranktür wieder verschlossen hatte, sah ich im Schrankspiegel Yusufs Gesicht. Vorsichtig erkundigte er sich nach meinem körperlichen Wohlbefinden.

„Geht schon wieder", antwortete ich. „Es kommt und geht. Ich weiß nicht, ob ich das aushalten kann. Mir erscheint alles so sinnlos. Und wenn mir alles so sinnlos erscheint, dann habe ich das Gefühl, dass schon ein ganz kleiner Stoß reicht, um mich umzuhauen. In drei Tagen ist Neumond. Ich wünschte, der Mond würde nie verschwinden. Der Neumond macht alles dunkel. Es ist alles so dunkel, mein Freund."

Yusuf blieb im Türrahmen stehen. Er schien von meinem Auftritt regelrecht verwirrt zu sein. Sicherlich hatte er von mir keine glückliche Rückkehr erwartet, aber ich konnte mir schon denken, dass er mich lieber in einer ausgeglicheneren Laune willkommen geheißen hätte.

„Ich hasse das! Sieht so göttliche Gerechtigkeit aus?", rief ich mit einer plötzlichen Wut, die mich selbst überraschte.

Yusuf schüttelte den Kopf. „Das hat doch mit Gott nichts zu tun. Alles, was uns widerfährt, haben wir uns selbst eingebrockt, Dost."

„Pah! Und was ist mit all den Almosen und den Gebeten, die ich Tag und Nacht praktiziere? Habe ich etwa die ganze Zeit dem falschen Gott gehuldigt?"

Yusuf blieb still und sah mich dabei noch trauriger an als sonst. Mir wurde klar, dass ich mit meiner gereizten Stimmung sehr undankbar klang, das wollte ich auf keinen Fall. Ich wusste, was Yusuf alles für mich getan hatte, und dennoch konnte ich nicht damit aufhören, ihn anzuschreien. Gott weiß, ich wollte ihn niemals kränken. Er war sich über meine aussichtslose Situation mehr als bewusst und ich Idiot ließ meiner Wut freien Lauf.

„Tut mir leid. Dieses Zimmer macht mich nervös", entschuldigte ich mich und achtete darauf, dass ich auf keinen Fall mitleiderregend klang.

Yusuf sah mich mit unverändert traurigem Blick an. „Es tut mir sehr leid, Dost."

„Nicht doch, bitte lass es bleiben. Ich will kein Mitleid, von niemandem, verstehst du? Mir tut es leid, okay?!"

Um mir nicht weiter in die Augen sehen zu müssen, drehte Yusuf mir seinen Rücken zu und hielt sich mit der einen Hand am Türrahmen fest, während er die andere Hand zur Faust ballte, die er schließlich gegen die Wand schlug. Eine Zeit lang blieb ich regungslos hinter ihm und sah, wie verzweifelt er gegen den Drang ankämpfte zu weinen. „Ich … ich habe mich in ein wunderschönes Mädchen verliebt", sagte ich auf einmal. Er schwieg. „Keine schöne Zeit, um sich zu verlieben, nicht wahr?"

Er wandte sich zu mir um und lächelte bedrückt. Mich beruhigte sein Lächeln. Immerhin wusste er jetzt, warum ich so wütend war. Ich warf meinen Koffer auf das Bett und schloss ihn auf. Dann kramte ich die Digitalkamera heraus und zeigte Yusuf stolz die Bilder, die ich in Alkasnak von Sevgi geschossen hatte.

„Oh, sie ist wirklich ein schönes Mädchen. Wie heißt sie, wenn ich fragen darf?"

„Sie heißt Sevgi", antwortete ich und spürte, wie mir warm ums Herz wurde.

„Sevgi! Sie hat einen schönen Namen, er bedeutet Liebe", erklärte Yusuf lächelnd.

„Was spielt das für eine Rolle", entgegnete ich, „wenn ich sie nicht lieben darf? Sevgi hat etwas Besseres verdient als einen Krüppel."

Yusufs Lächeln ging in einen traurigen Gesichtsausdruck über. Danach schauten wir uns stumm die restlichen Bilder an.

Drei Tage lang lief ich mit zitternden Gliedmaßen herum, bis ich mich nicht mehr auf den Beinen halten konnte. So pausierte ich und stand sofort wieder auf, wenn ich mich etwas erholt hatte. Es war mir egal, ob die Leute mich komisch ansahen oder nicht, ich wollte meine Beine gebrauchen, in der Hoffnung, dass das Schamanenelixier dadurch länger anhielt.

Am Neumondabend hatte Yusuf alle Vorhänge zugezogen und sich zum Abendbrot an den Esstisch gesetzt.

Ich weigerte mich immer noch, mich hinzusetzen. Stattdessen stand ich wie angewurzelt vor der Spüle und beobachtete, wie Yusuf seinen Tee umrührte. Das Geräusch des Löffels in der Tasse klang wie Kirchenglocken, ähnlich trostlos wie bei einer Beerdigung.

„Komm schon, Dost, setz dich, hast du denn gar keinen Hunger?", fragte er aufmunternd.

„Dazu werde ich in Zukunft genügend Zeit haben", antwortete ich barsch. Meine versteckten Anspielungen auf einen wiederholten Gebrauch des Schamanenelixiers konnte ich seit Tagen nicht kontrollieren. Es brach gegen meinen Willen aus mir heraus. Worauf ich so sehr brannte, hatte Yusuf sicherlich verstanden, dennoch tat er jedes Mal so, als ob er nicht wüsste, was ich wollte, und nahm sein Abendbrot ganz ruhig zu sich. Es waren schon fast dreißig Stunden vergangen, seitdem ich zuletzt etwas geschlafen hatte. Ich ging ins Wohnzimmer und öffnete den Barschrank. Ich wollte mir gerade einen Whisky einschenken, da spürte ich den ersten Schwächeanfall an meinem Fußgelenk. Vor lauter Schreck hätte ich beinahe das Glas fallen gelassen. Die unbeschreibliche Angst, die mich dabei überkam, verlieh mir eine enorme Kraft und mehr Mut, sodass ich nicht völlig machtlos auch noch den zweiten Hieb abwarten wollte. Mein Bemühen, die Gedanken an das Zaubermittel zu verdrängen, wurde immer schwächer.

Ich fragte mich, warum gerade ich das alles erleben musste. Ein trauriges Lächeln umspielte meine Lippen, denn das war wohl die Urfrage aller Verzweifelten. Ich versank immer mehr in Selbstmitleid und fühlte mich, als wäre ich der einzige Mensch auf der ganzen Welt, der den allerschlimmsten Seelenqualen ausgesetzt war. Ich hatte nicht das Recht, in das Schicksal anderer Seelen einzugreifen. Vielleicht hätte ich meine kleinen Rituale besser bleiben lassen und mich mehr um meine eigenen Geschäfte kümmern sollen. Womöglich hatten die Seelen schlechter Menschen einfach keine Gebete verdient. Ich sagte Yusuf, dass ich bei der Verwandlung sehr gerne allein sein wolle, und bat ihn höflich zu gehen.

Nachdem Yusuf das Haus verlassen hatte, nahm ich mein Glas und ging langsam ins Schlafzimmer, um mich dort meinem Schicksal auszuliefern. Die Luft im Schlafzimmer war warm, dennoch fröstelte es mich. Kaum saß ich auf meinem Bett, befiel mich das bedrückende Gefühl, dass alle vier Wände langsam auf mich zukamen.

Ich trank meinen Whisky auf ex und starrte mit dem starken Verlangen nach dem bitteren Geschmack des Schamanenelixiers in das leere Glas. Zugleich wurde in meinem Kopf eine Erinnerung wach und ich hörte mich selbst in meinen Gedanken reden: Ich würde gerne deine Hilfe annehmen, um wieder einmal meine Füße zu spüren. Aber was, wenn der Erlik Khan mich verführen sollte und ich mich für ein zweites Mal entscheide? Wäre das nicht ein zu großes Risiko?

Ich wusste, dass ich gegen den teuflischen Erlik Khan anzukämpfen hatte, und wollte den Kampf auf gar keinen Fall verlieren. Ein stechender Schmerz pochte in meinem Kopf und ich fürchtete, wenn ich nicht bald etwas dagegen unternahm, würde er zerplatzen.

Ich dachte immer wieder an Sevgi. Als sie mich am Tag meiner Rückreise am Flughafen weinend ansah, wollte ich nur bei ihr bleiben. Aber jetzt, wo ich auf meinem Bett wie auf einem Hinrichtungsstuhl Platz nahm, musste ich akzeptieren, dass die Entfernung zwischen uns sie vor weiteren Schmerzen bewahren würde.

Ich hatte sie angelogen und ihr versprochen zurückzukommen, sobald ich meinen Laden verkauft hatte. Ich wollte nicht, dass sie die Wahrheit über meine Krankheit erfuhr. Ich konnte ihr das nicht antun. Einen Krüppel als Mann, das hatte sie nicht verdient. Mir war bewusst, dass die satanischen Mächte meine Liebe zu Sevgi dazu benutzten, mich aus der Reserve zu locken, und dankte Gott dafür, dass ich das erkannt hatte. Ich war mir auch sicher, dass ich das Schamanenelixier, sollte Yusuf es mir noch einmal anbieten, nicht mehr annehmen würde. Nicht nur, weil ich gegen den Erlik Khan ankämpfen musste, sondern auch, weil ich mein Versprechen an Yusuf nicht brechen und ihn nicht mit einem Fluch belasten wollte. Ich konnte es nicht mehr ertragen, dass ich meinem jämmerlichen Zustand so machtlos ausgeliefert war und in den letzten Tagen nur noch an mich selbst gedacht hatte.

Doch wie egoistisch würde ich sein, wenn ich wieder ein trostloser Gefangener meines eigenen Körpers war? Stopp, rief ich mir innerlich zu. So durfte es nicht weitergehen. Bevor ich zusah, wie ich wahnsinnig wurde, musste ich etwas tun, um diese grässlichen Gedanken loszuwerden.

Ich begann zu überlegen, wie viele Schlaftabletten wohl ausreichen würden, um mich ein für alle Mal für immer einschlafen zu lassen. Ich hoffte, dass noch genug Tabletten im Haus waren. Auch wenn ich ein paar Bedenken hatte, wollte ich diesen letzten Ausweg, der mir noch blieb, wahrnehmen. Doch eine Stimme tief in mir sagte: Was, wenn sie nicht reichen und der Versuch misslingt? Zum Magenauspumpen müsste ich dann wahrscheinlich ins Krankenhaus und dann käme die Wahrheit über das Elixier ans Tageslicht. Dies durfte niemals geschehen. Also musste eine sichere Methode her. Mit einer Rasierklinge war es sicher sehr einfach. Ich kannte diese Methode durch einige meiner Kunden, die ich für die Beerdigung vorbereitet hatte, und war überzeugt, dass ich mit einem kräftigen Schnitt die notwendige Tiefe erreichen konnte. Dennoch wollte ich kein großes Blutbad hinterlassen, das Yusuf sauber machen musste. Ich entschloss mich schließlich für das Aufhängen und überlegte, wo ich ein starkes Seil im Haus finden könnte.

Lange musste ich nicht suchen, denn im Keller lag ein Seil mit der gewünschten Stärke. Ich band es über das Geländer. Als ich ins Wohnzimmer ging, um Yusuf einen Abschiedsbrief zu schreiben, sah ich vom Terrassenfenster aus, wie er auf der Gartenbank saß und in den dunklen Himmel starrte. Ich knipste das Licht aus, das ich eben angemacht hatte, und beobachtete Yusuf heimlich hinter der Gardine.

Er schien sich mit jemandem zu unterhalten. Ich wollte wissen, mit wem er sprach, und suchte mit meinen Augen alle Ecken der dunklen Terrasse ab, konnte aber nichts erkennen.

„Große Mutter Kam, was hätte ich denn tun sollen, außer dieses teuflische Zeug in Gebrauch zu nehmen?"

Ich kapierte nicht, was Yusuf meinte, also hörte ich weiter aufmerksam zu. Er wimmerte, flehte und bat jemanden um Verständnis, den ich in der Dunkelheit nicht ausmachen konnte.

„Bitte, mächtige Mutter, versteh und verzeih mir! Er ist vielleicht meine einzige Chance. Womöglich habe ich den Utha gefunden, den ich jahrhundertelang vergeblich gesucht habe. Ich denke, jetzt ist die Zeit reif. Oder, Mutter Kam? Ich kann jetzt entscheiden, ob ich weiterhin mit meinen Seelenqualen in diesem Leben existieren möchte oder endlich meine Reise ins Jenseits antrete. Als ich hörte, was er in seinem Bestattungsgeschäft für die Seelen der Verstorbenen tat, wurde mir klar, warum ich hier bin. Ich bin doch deswegen hier, nicht wahr, Mutter Kam? Meine Suche nach Erlösung kann nun ein Ende finden." Er blieb eine Weile still, dann redete er im Flüsterton weiter, als ob er sich irgendwie verstecken müsste. Wie er auf und ab ging und sprach, das war ungewöhnlich für ihn.

„Warum fürchtest du dich? Was kann mir noch Schlimmeres passieren als mein jetziger Zustand? Sieh mich doch an, Mutter Kam, ich bestehe aus einem seelenlosen, leeren Körper. Nein, ich bin mir nicht sicher, aber irgendwie kann ich mich vage erinnern, so jemanden gesucht zu haben!"

Trotz der dunklen Neumondnacht strahlten seine weißen Zähne wie beleuchtet, als er zu lachen begann. Ich versuchte herauszubekommen, ob er nicht doch telefonierte, konnte aber weder ein Handy noch einen Kopfhörer in seinem Ohr erkennen.

„Ja, du sagst das. Ich bin ein vergesslicher Mann. Woher soll ich wissen, was gut für mich ist? Nein, Mutter Kam, ich habe keinerlei Sicherheit in den Händen, aber ich weiß tief in meinem Innersten, dass ich Himmelsgott Tengri vertrauen kann, dass er meine Seele nicht im Stich lässt. Ich hoffe, dir wird dies auch reichen."

Ich wusste zwar nicht, mit wem Yusuf redete, aber ich ahnte, dass es sich inhaltlich um die von mir praktizierten Totengebete handeln musste.

„Alles begann doch damit, dass ich meinem Vater, dem Schwarzen Wolf, helfen wollte, oder etwa nicht? Ich habe es vergessen. Sag du es mir, Mutter Kam. Warum um Himmels willen bin ich denn hier? Tut mir leid, Mutter Kam. Ich … ich wollte das alles nicht, ich wollte nur ein guter Schamane sein."

Obwohl ich ganz Ohr war, horchte ich vergeblich danach, ob außer Yusufs Stimme noch eine andere zu vernehmen war. Es sah ganz so aus, als ob Yusuf Selbstgespräche führte. Nach einer Weile der Stille sprach Yusuf weiter.

„Ich weiß nicht, wie und wann ich Dost die Wahrheit sagen werde, aber ich muss es wohl tun. Nein, er wird gewiss nicht begeistert sein. Ja, Mutter Kam, ich weiß selbst, wie sehr er sich nach dem Elixier sehnt, aber wenn ich ihm jetzt die Wahrheit sage, wird alles noch schlimmer. Ich muss noch einige Nächte warten."

Ich konnte meinen Ohren nicht trauen. Ich Idiot wurde von Yusuf, meinem einzigen Freund und Helfer, schamlos ausgenutzt. Seine Heuchelei diente einzig und allein dem Zweck, mich dazu zu bringen, ihn mit einem Gebet zu segnen, das ich sonst immer für die Verstorbenen aufsagte. Wieso hatte er mich nicht direkt danach gefragt, statt diesen Aufwand auf sich zu nehmen? Ich war bitter enttäuscht von ihm, weil er mit meinen ohnehin schon verletzten Gefühlen gespielt und mich sogar dazu gebracht hatte, eine Zeit lang gegen die Natur des Tengri zu existieren. Ich war von seinem Trick offenbar so geblendet worden, dass ich dies nicht erkannt hatte.

Eine unheimliche Wut sammelte sich in meinem Bauch und schoss mit rasantem Tempo in meinen Kopf. Sie ließ mich alles vergessen, was ich gerade noch vorgehabt hatte. Ich zog die Gardine zur Seite, sprang zur Terrasse und stürzte in Richtung Yusuf und seines unsichtbaren Gesprächspartners.

„Dein einziger Wille ist, mir einen Geburtstagswunsch zu erfüllen und mir für einen Monat meine Füße zu schenken? Ganz schön raffiniert von dir, mein Freund. Warum dieses Geheimnis, du hättest mich doch nur darum bitten müssen und ich hätte deine dreckige Seele ins Jenseits gebetet."

Ich schimpfte und beschuldigte Yusuf, wie ich nur konnte, um zu zeigen, wie verletzt ich war. Doch mich verwirrte, dass er bei meinem Erscheinen keinen Deut überrascht gewirkt hatte. Vielleicht hatte er sogar darauf gewartet, entdeckt zu werden. Ich konnte die Farbe seines Gesichts im Dunkeln nicht erkennen, aber seine Stimme verriet mir, dass er nicht einmal verlegen war.

„Dost, komm, setz dich zu mir. Du hast Grund genug, mich zu beleidigen, doch ich werde dir jetzt alles erklären. Zuallererst, bevor ich dir meine unglaubliche Geschichte anvertraue, möchte ich, dass du weißt, dass ich dir wirklich nur deinen Geburtstagswunsch erfüllen wollte. Glaube mir, mehr wollte ich in dem Augenblick wirklich nicht. Es ist auch dir überlassen, ob du meiner Seelenqual ein Ende bereitest oder nicht, das hat mit dem Geschenk nichts zu tun."

Er sagte das so, als ob er nur darauf gewartet hätte, sein Geheimnis endlich loszuwerden.

Auf der Terrasse wehte ein leichter Wind, aber ich war mir nicht sicher, ob es wirklich so kühl war oder ob es daran lag, dass ich so zitterte. Meine Beine hielten mich kaum noch aufrecht und ich musste mich gegen die Fassade lehnen, um nicht umzukippen.

„Ach ja? Behalte deine Lügengeschichten für dich, ich habe kein Interesse daran", entgegnete ich ihm wütend und fügte noch hinzu: „Ein schönes Geburtstagsgeschenk hast du mir da ausgesucht, wirklich sagenhaft! Nun bin ich bis über beide Ohren verliebt und, siehe da, doppelt unglücklich!" Es hatte anschuldigend klingen sollen, aber das tat es nicht. Ich war ehrlich gesagt viel zu schwach, um richtig zu kontern. Die Worte kamen nur flüsternd aus mir heraus, und als Yusuf mir auf einen Terrassenstuhl half und dabei so dicht neben mir stand, bemerkte ich erst, wie betroffen er wirklich war.

„Ich weiß nicht, was für einen Voodoo du treibst. Und mit wem du dich gerade unterhalten hast, ist mir auch egal. Ich werde für dein verdammtes Seelenheil beten, ob du dann in den Himmel kommst oder zur Hölle fährst, das überlasse ich Gott dem Allmächtigen, Tengri, Ülgen oder wie du sie alle nennen magst. Bitte geh jetzt und lass mich allein", sagte ich. Meine kratzige Stimme klang allmählich wie die eines Kehlkopfkranken.

„Mutter Kam ist der weise Geist einer Schamanenfrau. Sie lehrte mich einst die Schamanenheilkunst, aber ich habe nicht nur sie, sondern auch all die anderen, die an mich geglaubt haben, bitter enttäuscht."

„Willst du wissen, was ich jetzt kurz vor meiner Behinderung denke?"

„Bitte, Dost, es ist für mich schon schwer genug", unterbrach Yusuf mich. Seine Stimme war kaum zu hören. Er sah aus, als ob er in wenigen Minuten um ganze zehn Jahre gealtert wäre. Seine hohen Wangenknochen und tiefliegenden schwarzen Augen verliehen ihm einen gebrochenen Anblick, aber ich hatte kein

75

Mitleid mehr für ihn übrig. Nachdem er mir seine Geschichte trotz meines Widerwillens erzählt hatte, schien er für mich seine Besonderheit gänzlich verloren zu haben. Ich konnte ihn nicht mehr mit den Augen eines Freundes ansehen, er war für mich nur noch ein seelenloser Zombie.

Ich beobachtete ihn eine Weile. Er saß regungslos da und blickte schweigsam auf den Boden. Der Garten hinter ihm wurde allmählich dunkel. „Komm", brach ich die Stille, „es ist kalt geworden, lass uns reingehen."

Yusuf stand auf und half mir ins Wohnzimmer, wo ich vor dem Kamin Platz nahm. Er flüsterte eilig, dass er Kaminholz holen wolle, und verschwand mit ungeahnter Schnelligkeit in Richtung Keller. Es schien, als ob er damit alles wiedergutzumachen versuchte. Ich wusste, dass er den Strick am Treppengeländer sehen würde, und wartete gespannt auf seine Reaktion.

Doch als er mit dem Holz zurückkam, sagte er nichts, sondern schwieg. Er stellte den Korb mit dem Brennholz neben den Kamin und schürte das Feuer. Die ganze Zeit über verhielt er sich unauffällig. Seine Bewegungen waren langsam und kontrolliert. Schließlich beendete er seine Arbeit und setzte sich direkt vor die Feuerstelle. Er tat so, als ob nichts geschehen wäre. Wir blickten gemeinsam in die lodernden Flammen, doch das Gefühl der Zusammengehörigkeit war irgendwie verloren gegangen. Etwas Schweres lag in der Luft, etwas, das ich nicht richtig beschreiben kann. Ich glaube, dass er darauf wartete, dass ich den Anfang machte und ihm über sein wahres Ich Fragen stellte. Die Flammen im Kamin schienen zu wachsen und tanzten schlangenförmig auf und ab. Ich hatte das Gefühl, sie würden nach mir greifen, und wich unwillkürlich zurück. Yusuf hingegen saß nach wie vor starr auf seinem Platz, als wäre er nicht in demselben Raum wie ich.

Um die Stille zu brechen und um meine Neugier zu stillen, fragte ich ihn schließlich: „Wie alt bist du? Oder sollte ich besser fragen: Seit wann bist du ein Untoter?"

„Länger, als du dir denken kannst, mein Freund."

„Komm schon, wann lebte dein Stamm in der Türkei?"

„Elftes Jahrhundert. Bist du jetzt zufrieden, Dost?"

„Oh, so schnell willst du diese Welt verlassen? Warum denn auf einmal diese Eile?", verspottete ich ihn mit einem hämischen Grinsen in den Mundwinkeln, das mich selbst überraschte. Irgendwie ging es mir besser, wenn ich ihn provozierte.

Yusuf ignorierte meine Sticheleien und sprach mit gleicher Tonlage weiter. „Ich wollte nur ein Leben im Einklang mit der Natur und der Tradition meines Stammes führen. Doch es war mir nicht vergönnt."

Ich hatte einen kurzen Augenblick Mitleid mit ihm und wohl auch diesen Ausdruck von Mitgefühl in meinen Augen, der bei einer Beerdigung normalerweise den

Hinterbliebenen reserviert war. Ich hielt mich mit meinen feindlichen Bemerkungen zurück und betrachtete stumm die Flammen, die sich mittlerweile wieder beruhigt hatten. Minutenlang saßen wir da, ohne ein Wort miteinander zu wechseln, erdrückt von schweren Gedanken.

Dann überkam mich mit dem Ruckeln und Zucken meiner Beine das Gefühl einer unerklärlichen Angst. Ich schaute Yusuf an, ob er bemerkt hatte, dass es gleich losging. Ich stand auf, ging zur Bar, griff zur Whiskyflasche und stürzte den feurigen goldenen Trank in großen Zügen hinunter.

„Ich fühle deine Verzweiflung in mir, Dost", sagte er plötzlich.

„Ach ja? Dann kannst du auch fühlen, wie sehr ich mich jetzt gerade nach meiner Sevgi sehne? Weißt du überhaupt, was Liebe ist, *Dost*?", entgegnete ich schroff und warf mich auf meinen Sessel.

„Bitte, hör auf damit! Sag mir, was ich für dich tun kann. Ich werde alles in meiner Macht Stehende tun, um es wiedergutzumachen, aber bitte lass diese unmöglichen Bemerkungen. Es tut mir weh … so unendlich weh!"

All meine Gedanken über das Elixier waren wie weggeblasen. Die ganze Zeit über hatte ich auf diesen einen Augenblick hingearbeitet und darauf gewartet, Yusuf so weit zu bringen, einem erneuten Gebrauch des Elixiers zuzustimmen. In diesem Moment war es so weit. „Ich würde es gerne noch einmal probieren, nur für einen Monat. Es gibt so viel, was ich mit Sevgi unternehmen und ihr sagen möchte. Bitte, sag nicht sofort Nein. Ich möchte mein ganzes Leben für diesen einen Monat verschenken und danach ist mir völlig egal, was mit mir passiert. Ich kann mich so nicht zur Ruhe setzen und zurückblicken, ohne den Schmerz zu verspüren, ihr nicht genug gezeigt zu haben, wie sehr ich sie liebe."

Ich machte eine kurze Pause und bot ihm als Gegenleistung meine Gebete an. Ich gab ihm mein Wort, ebenfalls alles in meiner Macht Stehende zu tun, damit er seine Zeit nicht länger in einem zombieartigen Zustand der Seelenlosigkeit verbringen müsse.

All die Zeit, in der ich mich mit Yusuf unterhielt, suchte ich in meinem Innersten vergeblich nach einem übrig gebliebenen Funken freundschaftlicher Liebe für ihn. Aber ich ertappte mich ständig dabei, wie ich dachte: Wenn ich noch einmal meine Beine hätte, dann könnte mich kein Mensch mehr aufhalten.

Ich erinnerte mich daran, wie Yusuf gesagt hatte: „Für jeden Schluck, den du vom Zaubertrank zu dir nimmst, werde ich Höllenqualen erleiden, Dost. Das ist der Preis, den wir zahlen müssen." Ich wünschte zwar keinem Menschen diesen Fluch, aber nichtsdestotrotz hatte ich mich in dem Augenblick, in dem ich von seiner wahren Absicht erfuhr, entschieden, ihn nie wieder sehen zu wollen. In seiner Verzweiflung nahm er meinen Vorschlag gerne an und versprach mir, sobald meine Behinderung vollständig zurückkomme, mit dem Verwandlungsritual anzufangen. Daraufhin sagte ich nichts mehr und ging ins Schlafzimmer. Dort nahm ich auf meinem Bett, das mittlerweile seinen Schrecken verloren hatte, Platz und begann, auf Yusufs Zeichen zu warten.

Nach all dem Streit und der Verzweiflung tanzte Yusuf wieder für das Verwandlungsritual wie an jenem Abend vor einem Monat, mixte das Schamanenelixier mit seinem eigenen Blut und gab es mir zu trinken.

Ich wusste schon, was mich erwartete, und harrte gespannt auf ein Zeichen, endlich wieder gehen zu können. Doch diesmal kam alles anders. Ein wohliges Gefühl überkam mich und alles um mich herum war mit einem Male nicht mehr von Bedeutung.

Ich sank in einen tiefen Schlaf und sah mich kurz darauf inmitten eines wunderschönen Blütenmeeres stehen. Ich wusste, dass ich gehen konnte, und wollte gerade über ein Blumenbeet springen, als mein Blick auf zwei Efeuranken fiel, die plötzlich aus dem Boden empor- wuchsen. Die Pflanzen schossen wie im Zeitraffer in die Höhe und wickelten sich wie Schlangen um meine Beine. Kaum hatte ich begriffen, was passierte, verlor ich auch schon das Gleichgewicht und fiel der Länge nach zu Boden. In Panik wollte ich mich aufsetzen, um die Pflanzen von meinen Beinen zu entfernen. Da bemerkte ich etwas, was ich mir nicht erklären konnte. Ich spürte eine übermenschliche Kraft, die mich festhielt und mit aller Kraft zu Boden zog.

Verzweifelt suchte ich nach einer rettenden Idee, dann schoss mir blitzartig ein Gedanke durch den Kopf: Wenn ich mich in einem Traum befände und mich ganz schnell bewegen würde, müsste ich doch normalerweise aufwachen. Alles, was ich also tun musste, war, die Gliedmaßen meines Körpers zu bewegen. Doch so sehr ich mich auch bemühte, es wollte mir nicht gelingen. Mein wohliges Gefühl war wie weggeblasen und die ruhige Gegend entpuppte sich langsam als eine grässliche Umgebung mit bedrohlichen, monsterhaften Stimmen. Inmitten dieses Lärms hörte ich das herzzerreißende Weinen eines Mädchens. Es wimmerte und bettelte um Vergebung.

„Dudu! Du elendiges Menschenkind, du hast genug angerichtet", rief eine Stimme. Ich wollte mir das Gesicht des Redners ansehen und wandte mich um, doch ich konnte kein Gesicht erkennen.

Das Mädchen sah mich mit ihren grünen Augen an und flehte eindringlich: „Schwarzer Adler, bitte hilf mir!"

Mich überraschte es nicht, dass sie mich mit Yusufs Schamanennamen rief.

„Schwarzer Adler, bitte hilf mir!"

Ich hörte ihre Stimme immer und immer wieder auf verschiedenste Weise: mal gedehnt, mal hochfrequent, dann wieder zart und langsam dunkler werdend wie eine Männerstimme.

„Los, mach schon! Wenn du mich rettest, so rettest du die ganze Welt", ermahnte sie mich. Dann wurde die Stimme leiser, schließlich rief sie aus einer unbekannten Tiefe nur noch: „Papa, hilf mir!"

„Wie kann ich dir helfen? Sag mir, was ich für dich tun kann?", brüllte ich zurück. Doch ich hörte nur meine eigene leise Stimme. Ich entschied mich, ihr zu helfen, koste es, was es wolle. Ich musste nur herausbekommen, wie ich das anstellen konnte! Während ich selbstlos diese Entscheidung traf, begann sich etwas in mir zu regen. Ich spürte meinen Körper wieder und auch die Luft war von anderer Qualität.

Ich öffnete meine Augen und sah Yusufs freundliches Lächeln. Er hatte mitbekommen, dass ich aufgewacht war, und fragte nun, wie es mir gehe. Ich nickte mit dem Kopf und wandte meinen Blick auf meine zitternden Beine.

„Willst du mal versuchen aufzustehen?"

„Jetzt noch nicht", erwiderte ich, „ich fühle mich noch ziemlich schwach."

Wenig später saßen wir draußen auf der Gartenbank. Das Wetter war kühl und nass, es roch nach frischem Gras und feuchter Erde. Yusuf hatte mich hinausgetragen, damit ich frische Luft atmen konnte. Der Traum vom kleinen Mädchen beschäftigte mich und ich verspürte den Drang, Yusuf davon zu erzählen.

„Kennst du ein Mädchen namens Dudu?", fragte ich schließlich ungerührt.

Yusufs Miene verdüsterte sich daraufhin, was ich noch nie zuvor bei ihm gesehen hatte. Sein Gesichtsausdruck war erschreckend und faszinierend zugleich.

„Ja, ich habe sie mal gesehen!"

„Wer ist sie?", fragte ich neugierig.

„Wieso fragst du mich das? Hast du von ihr geträumt?"

„Nein … Ja … Ich weiß es nicht genau. Ich hörte eben dieses Mädchen um Hilfe rufen. Sie rief nach mir mit deinem Namen. Ist sie deine Tochter?"

Er bewegte sich unruhig auf seinem Platz hin und her. „Nein, ich kenne sie nicht", antwortete er, aber ich wollte mich mit der Antwort noch nicht ganz zufriedengeben.

Nach einer Weile versuchte ich, meine Beine einer Probe zu unterziehen, und stand langsam auf. Als ich einen ersten Schritt wagte, fiel Yusuf plötzlich von der Bank herunter und hielt mit schmerzverzerrtem Gesicht seinen rechten Fuß fest. Ich beugte mich sofort zu ihm und fragte ihn, was los sei.

Er begann, heftig zu zittern, und sagte: „Das ist der Pakt, den wir gerade eben mit dem Erlik Khan geschlossen haben." Danach wurde er ohnmächtig.

Ich wusste nicht, was ich machen sollte, und versuchte verzweifelt, ihn aufzuwecken. Seine Beine wurden allmählich steif und aus seinem rechten Schuh stiegen ein widerlicher Geruch und Rauch empor. Ich zog ihn schnell aus und sah zu meinem Entsetzen, dass einige seiner Zehen brannten. Ich konnte kaum noch klar denken und griff geistesgegenwärtig zum Gartenschlauch, drehte den Wasserhahn auf und zielte auf Yusufs verbrannten Fuß. Ich ließ das Wasser so lange laufen, bis ich der Meinung war, dass die Verbrennung gelöscht sei.

Als ich den Wasserhahn zudrehte, bemerkte ich, dass Yusuf bereits drei seiner Zehen verloren hatte. Schnell ging ich in die Wohnung, um ein Handtuch zu holen. Dabei fiel mein Blick auf den Tisch mit der kleinen Flasche, dem Zaubertrank. Sie war noch halb voll. Ich nahm sie mit Abscheu in die Hand und ließ sie in meiner Jackentasche verschwinden. Ich wusste noch nicht, was ich genau damit tun würde, aber in dem Moment war ich mir ziemlich sicher, dass ich dieses Teufelszeug nur noch vernichten wollte.

Gerade als ich mich mit dem Handtuch über ihn beugte, kam Yusuf langsam wieder zu sich.

„Ich will nichts mehr mit diesen Höllentropfen zu tun haben. Hörst du mich? Ich will auch nichts von der ewigen Verdammnis wissen. Ich will nur meine Sevgi noch einmal sehen, danach werde ich uns beide aus den Krallen des Erlik Khan befreien, das verspreche ich dir!"

„Lass mich bitte allein und geh jetzt. Ich werde hier auf dich warten, wenn es so weit ist", erwiderte er, während er sich langsam aufrichtete.

Ich ließ ihn auf der Terrasse zurück und ging hinein, um mir einen Double Whisky einzuschenken. Ich wusste nicht, wie lange ich vor dem erloschenen Kamin gesessen hatte, aber irgendwann kam Yusuf humpelnd herein und setzte sich neben mich. Ich fragte ihn, ob ich ihn ins Krankenhaus fahren solle. Er antwortete mir nicht, schüttelte nur den Kopf. Nach einer Weile hielt ich die Stille nicht mehr aus und fragte ihn erneut, was wir jetzt machen sollten.

„Ich bin sehr müde, Dost", antwortete er erschöpft. „Ich möchte mich ein wenig hinlegen."

Danach sagte Yusuf nichts mehr. Er legte sich brav wie ein Kind auf das Sofa, das ich für ihn vorbereitet hatte.

Ich zog mich ins Schlafzimmer zurück, nahm die Flasche aus meiner Jackentasche heraus und stellte sie auf den Nachttisch. Der Inhalt leuchtete grün und unmenschlich schön. Er sollte schließlich Menschen verführen, die verzweifelt auf der Suche nach einem Heilmittel für ihre Leiden waren. Eine gute Viertelstunde betrachtete ich die Flasche mitsamt ihrem Inhalt. Es war ein hübsches kleines Fläschchen, das mit einer Art Draht- netz überzogen war, damit der Korken nicht so leicht aufgehen und der kostbare Inhalt herauströpfeln konnte. Der Tropfen der Hölle, dachte ich mit einer Mischung aus Faszination und Abscheu sowie mit einer unerklärlichen Ehrfurcht.

Bevor ich mich von der Macht der Flasche, die mich immer mehr in ihren Bann zog, verführen ließ, wollte ich handeln. Spontan entschloss ich mich, sie in der Donau zu versenken. Nachdem ich meine Entscheidung getroffen hatte, zögerte ich kein bisschen, sondern nahm die Flasche, ging in den Flur, kramte schnell noch eine kleine Taschenlampe aus der Schublade des Schuhschranks und verließ das Haus. Fest entschlossen rannte ich durch die Straßen und kam an einen abgelegenen Pfad, der mich zum Donauufer führen sollte.

Die Neumondnacht war finster und ich war froh, dass ich an die Taschenlampe gedacht hatte, denn ohne sie sah ich nicht mal mehr den Boden vor meinen Füßen. Ich rannte wie ein Besessener und ohne eine Verschnaufpause den Pfad entlang. Erst als ich das Donauufer erreichte, merkte ich, dass mir die Puste ausgegangen war. Erschöpft setzte ich mich auf einen Stein am Ufer des Flusses und zog die Flasche aus meiner Jackentasche heraus. Gerade als ich sie ins Wasser werfen wollte, zögerte ich plötzlich.

Was, wenn die Flasche aufgehen und die Höllentropfen sich mit dem Donauwasser mischen würden?

Das könnte in einer Katastrophe enden. Im Grunde genommen wollte ich mir nur nicht eingestehen, dass mein Hintergedanke ein gänzlich anderer war, als ich mir weismachen wollte. So grauenvoll und entsetzlich es auch sein mochte, ich wollte und konnte dieses Wundermittel nicht mir nichts, dir nichts ins Wasser werfen. Ich überlegte, ob meine Überlegungen unsinnig waren, nur um einen Grund zu haben, das Teufelszeug doch noch zu behalten. So dreist, wie sie waren, kamen diese Ausreden womöglich sogar von Erlik Khan höchstpersönlich.

„Du Schlitzohr!", schrie ich in die dunkle Nacht hinein. „Meinst du, du kannst mich reinlegen?"

Mit diesen Worten warf ich die Flasche in hohem Bogen ins dunkle Wasser, so weit, dass ich sie nicht mehr schnell herausfischen konnte. Ich sah, wie sie auf das Wasser platschte und mit den Fluten davongetragen wurde. Dann machte ich mich auf den Heimweg.

„Hallo, Herr Winter", begrüßte mich plötzlich jemand, der sich als mein Nachbar ausgab, den ich angeblich schon sehr lange nicht mehr gesehen hatte. „Was machen Sie denn hier?"

„Ich konnte schlecht schlafen und wollte ein wenig frische Luft schnappen", log ich. Ich wusste nicht einmal, ob ich ihn überhaupt schon einmal gesehen hatte.

„Freut mich, dass Sie wieder laufen können. Ich sage immer, dass man nicht allen Diagnosen glauben soll, außer denen, die man von einem Arzt zu hören bekommt. Die wollen uns doch alle nur krank machen, gesund nutzen wir denen nichts."

Er war ein dünner Mann mit hohen Wangenknochen und glattem, zurückgestrichenem Haar. Als er mich mit seinen leuchtend grünen Augen ansah, hatte ich das Gefühl, als ob er in mich hineinsehen könnte.

„Ja, Sie haben recht, Herr …?"

„Konrad", entgegnete er schnell und lächelte. „Kennst du mich etwa nicht mehr?"

„Klar kenne ich Sie! Entschuldigen Sie bitte, ich bin zurzeit äußerst vergesslich", log ich erneut. Die Situation war mir peinlich, aber ich mochte nicht zugeben, dass ich ihn gar nicht als Herrn Konrad erkannt hatte. Es war dumm genug, sich an einen Nachbarn nicht mehr erinnern zu können. Alles, was ich wusste, war, dass dieser Mann nicht im Geringsten Herrn Konrad ähnelte. Menschen können sich ja verändern, dachte ich und unterhielt mich weiter mit ihm. „Man sagte mir, Sie seien in die USA ausgewandert", begann ich höflich.

„Da haben Sie richtig gehört. Ich bin hier nur kurz zu Besuch, am Sonntag fliege ich auch schon wieder zurück. Ich wollte fischen gehen. Möchten Sie mir nicht etwas Gesellschaft leisten?"

„Gerne. Aber lange kann ich nicht bleiben, ich muss ganz früh in die Stadt, um etwas zu erledigen", antwortete ich, woraufhin er lächelte.„Woher wussten Sie eigentlich von meinem Unfall?", fragte ich neugierig.

„So etwas bleibt doch nicht geheim, vor allem in unserer Nachbarschaft. Die ist wie eine Zeitung mit Füßen", lachte er.

So saßen wir am Donauufer und bereiteten den Köder für die Fische vor.

„Es gibt in dieser gottverfluchten Ecke der Stadt keinen einzigen Fischmarkt so wie in Amerika. Wenn ich frische Fische essen will, muss ich wohl selbst welche angeln", scherzte er und fädelte ein Stück Köder auf seinen Angelhaken.

Mir fiel nichts ein, was ich erwähnen konnte, was man sich unter Fischerfreunden so erzählte. Außerdem grübelte ich die ganze Zeit, wie es wohl mit mir und Yusuf weitergehen sollte.

„Ich esse lieber aus der Dose," entgegnete ich kurz und lächelte zurück.

In dem Moment plätscherte etwas vor mir im Wasser.

„Die Fische können es wohl kaum erwarten, an meiner Angel zu hängen", freute sich Herr Konrad und hielt seine Taschenlampe auf das Wasser.

Als ich die Flasche sah, lief es mir sofort eiskalt den Rücken hinunter.

„Hey, sieh mal an, was für eine schöne Flasche!", rief er mir zu, beugte sich über das Wasser und versuchte, den Haken vom Flaschennetz zu lösen. Kurz danach hatte er sie auch schon in der Hand und betrachtete sie bewundernd.

Ich entschied, die Flasche an mich zu nehmen, auch wenn es mich das Leben kosten würde. Die Gefahr, der Nachbar könnte sie mit sich nehmen, erschreckte mich mehr als alles andere.

„Das ist meine Flasche." Mit diesen Worten stürzte ich mich gleich auf sie. „Ich habe sie vorhin fallen lassen, ich dachte, ich würde sie nicht mehr wiederfinden."

„Schade, und ich dachte, ich könnte sie zu meiner Donau-Fundsammlung hinzufügen. Was ist eigentlich da drin?", wollte er neugierig wissen.

„Ich würde sie Ihnen gerne schenken, aber darin ist meine Medizin", antwortete ich und nahm die Flasche an mich. Gleich darauf verabschiedete ich mich von ihm, um seinen neugierigen Fragen aus dem Weg zu gehen. Ich hörte noch ein hässliches Lachen hinter mir und vermutete, dass er sich über einen gefangenen Fisch freute. Ich eilte durch die dunklen Straßen und hielt die Flasche in meiner Jackentasche fest wie ein kleines Tier, das davonlaufen könnte.

Als ich nach Hause kam, sah ich gleich nach Yusuf. Er schlief immer noch. Leise ging ich ins Schlafzimmer und warf mich ebenfalls aufs Bett.

Aber an Schlaf war nicht zu denken, ich war wach wie eine Eule und grübelte über alles Mögliche.

Irgendwann in der Nacht entschloss sich Yusuf schließlich zu gehen. Er kam humpelnd herein und schaute mich an, als ob er sagen wollte: Bitte vergiss dein Versprechen nicht. Aber er sagte nur: „Es geht mir besser. Ich komme morgen nicht mehr, wir sehen uns dann erst in der Neumondnacht wieder."

Mit den ersten Sonnenstrahlen kam die Leichtigkeit. Ich sah die Welt plötzlich mit anderen Augen, lebendiger und reizender als je zuvor. Ich dachte nicht mehr an die vorige Nacht und kümmerte mich viel mehr um meine bevorstehende Reise in die Türkei als um das Versprechen, das ich Yusuf gegeben hatte. Ich träumte von Sevgi und ihrem fröhlichen Lachen.

An jenem Tag, an dem wir den Ararat bestiegen hatten, erlaubten wir uns viele gemütliche Pausen und liebten uns unter dem freien Himmel, so oft es ging. Es war ein unvergesslicher Tag. Sevgi hatte lange Jahre in Deutschland gelebt. Nachdem sie sich von ihrem Ehemann getrennt hatte, kehrte sie in ihre Heimat zurück und arbeitete dort als Touristenführerin. Sie zeigte mir die schönsten Stellen des Vansees und des Ararat. Sie unterschied sich von den anderen türkischen Frauen, die ich bisher kennengelernt hatte, denn sie war eine unabhängige Frau.

Weil sie einen starken kumpelhaften Charakterzug hatte, wurde sie von den Dorfbewohnern genau so wie ein Mann respektiert.

Vor lauter Aufregung konnte ich nicht lange ruhig stehen und trainierte daher meine Beine auf dem Trimmrad, das ich aus dem Keller wieder heraufgeholt hatte, damit sie für meine Reise fit wurden. Zum Schluss versuchte ich, ein wenig zu schlafen, aber irgendwie schaffte ich es nicht mehr stillzuhalten. Mir gingen viele Fragen durch den Kopf. So schwang ich meine Beine aus dem Bett und machte mir einen kräftigen Kaffee, bevor ich anfing, meinen Koffer zu packen.

Ich stand schon weit vor der Öffnungszeit vor der Tür des Reisebüros und konnte kaum erwarten, mein Ticket in den Händen zu halten.

„Wer den Sonnenaufgang am Ararat nicht erlebt, verpasst etwas Wichtiges in seinem Leben." Dieser Werbeslogan des Reisebüros war gerechtfertigt. Auf der Seidenstraße am Vansee ging die Sonne über dem Iran auf und tauchte den schneebedeckten Gipfel des Ararat in ein goldenes Licht. Weit breitete sich die Landschaft am Bergsaum aus, mit den kleinen, trockenen Feldern, die hier und dort mit dicken Heubündeln verziert waren. Als ich im Dorf eintraf, erklang schon das Abendgebet des Muezzins. Ein unbe-schreibliches Glücksgefühl erfüllte mich, floss in meinen

Adern in Richtung Herz und ließ es wie verrückt schlagen. Ich war zu Hause! Ich war ins Leben zurückgeholt worden und wollte auf keinen Fall mehr an Deutschland denken. Ich verdrängte alle Erinnerungen an Yusuf und unsere Abmachung.

Ich verbrachte viele schöne Tage mit Sevgi. Damit unser Beisammensein nach türkischer Sitte legitim war, heirateten wir schnell. Wir liebten uns jeden Tag heiß und innig und genossen siebenundzwanzig schöne Tage in vollen Zügen.

Bis zum kommenden Neumond versuchte ich nur daran zu denken, dass Gott wohl auch gewollt hätte, dass wir uns liebten. Das durfte der Erlik Khan nicht zerstören.

Bald war es so weit und ich schickte Sevgi am Abend des Neumondes vorsorglich zu ihren Eltern. Doch sie ahnte, dass etwas Schicksalhaftes in der Luft lag. Aber ich hielt meinen Mund und versprach ihr, dass es nichts gebe, weshalb sie beunruhigt sein müsse.

Ich tanzte zunächst, so gut es ging, den Tanz, den ich mir von Yusuf abgeschaut hatte. Dann ritzte ich mir meinen Finger und ließ das Blut in ein Gefäß tröpfeln, in das ich zuvor etwas Elixier gefüllt hatte. Ich mischte das Gebräu zusammen und trank es in einem Zug leer, bevor ich es mir anders überlegen konnte. Den Rest des Abends wartete ich gespannt darauf, welche Überraschungen Gott oder gar der Erlik Khan für mich vorbereitet hatte.

Ich war mir nicht sicher, ob es auch mit meinem Blut funktionieren würde, schließlich war ich kein Schamane. Ich wusste nicht, was auf mich wartete oder ob ich meine Gehfähigkeit abrupt verlieren würde. In dieser Nacht und auch in den folgenden Nächten bekam ich keine Anzeichen von Schwäche und kein Kribbeln in meinen Füßen zu spüren.

Ich durfte mein Leben also wie gewohnt weiterführen, als ob nichts passiert wäre, und freute mich über dieses wunderbare Geschenk wie ein kleines Kind. Ich wusste, dass der Zauber irgendwann ein Ende haben würde, spätestens dann, wenn die Flasche leer war. Doch bis dahin wollte ich mein Leben in vollen Zügen genießen.

Was Yusuf betraf, hatte die Sache einen unangenehmen Beigeschmack. Ich dachte oft an ihn und fragte mich, was er jetzt wohl machen würde. Um meinem schlechten Gewissen zu entkommen, hielt ich kindisch an dem Glauben fest, dass er meine Beine gerettet und somit seinen Frieden erhalten hatte.

Nach etwa einer Woche verschwendete ich so gut wie keinen Gedanken mehr an ihn. Wie es der menschlichen Natur vorgeschrieben ist, verdrängte ich schnell alle Unannehmlichkeiten und lebte mein Leben so, wie ich es mir ersehnt hatte.

Bis zu jenem Tag, an dem ich von der Bäckerei zurückkam und von Weitem Yusuf vor meiner Haustür in Alkasnak stehen sah. Ich versteckte mich hinter einer

Mauer und beobachtete, wie Sevgi ihn hineinließ. Von da an nahm mein Leben eine Wende.

Yusuf - „Ich bin eins mit dir."

Am Neumondtag machte ich mich auf den Weg zu
Josefs Wohnung, so wie wir es ausgemacht hatten.
Obwohl mich ein seltsames Bauchgefühl erahnen ließ,
dass alles anders kommen würde und mein treuer
Freund sich gegen die Abmachung entschieden hatte,
wollte ich gerne glauben, dass er zurückkommen
würde. Dabei klammerte ich mich fest an unsere
Freundschaft und ging naiverweise davon aus, dass er
mir nicht ohne Weiteres in den Rücken fallen würde.

Doch als ich vor seiner Wohnung stand und ein leeres
Klingelschild sah, wurde mir klar, dass es bereits
geschehen war.

Nachdem ich einige Male geklingelt hatte, um mich zu
vergewissern, dass wirklich niemand zu Hause war, zog
ich den Schlüssel heraus. Ich schloss vorsichtig die Tür
auf und fand eine leere Wohnung mit frisch gestriche-
nen Wänden vor. Dermaßen vor den Kopf gestoßen,
rief ich ihn unzählige Male auf seinem Mobiltelefon an.
Doch jedes Mal wies mich die elektronische Ansage
darauf hin, dass die Rufnummer nicht vergeben war.

* * *

Kurz vor der Neumondnacht saß ich immer noch auf
dem Boden in dem leeren Wohnzimmer und hoffte
wenigstens auf einen Anruf, der alles erklären würde.
Doch mein Telefon wollte einfach nicht klingeln. Mit

einer masochistischen Haltung wartete ich parallel auf ein Zeichen des Fluches und rechnete jederzeit mit dem Schlimmsten. Etliche Stunden verstrichen in der Hoffnung, dass endlich etwas passieren würde, dann wurde ich langsam müde. Schließlich fühlte ich, wie mein kleiner Finger unaufhörlich kribbelte, und merkte, dass ich fast eingeschlafen war.

Ich konnte mich eines gewissen Erstaunens nicht erwehren. War dieses seltsame Kribbeln auch ein Teil des Fluchs, der mich überkam? Wenn ja, dann war er dieses Mal aber bei Weitem weniger intensiv als beim ersten Mal. Wenn das alles ist, was mich erwartet, dann kann gern mein ganzer Körper kribbeln, dachte ich.

Doch ich freute mich zu früh.

Nach einem Zucken hörte das Kribbeln auf und mein Ringfinger brannte und schrumpfte in sich zusammen, als ob jemand Salzsäure darauf geschüttet hätte. Ich überlegte kurz, warum es der Erlik Khan auf meinen Ringfinger abgesehen haben könnte. Als Antwort darauf fiel mir nur ein, dass er mich womöglich daran erinnern wollte, dass ich mit ihm einen Pakt geschlossen hatte. Es war wortwörtlich ein höllischer Brand, der mich bis auf die Knochen schmerzte. Durch diesen entsetzlichen Schmerz verlor ich beinahe mein Bewusstsein.

So schnell mich meine Beine tragen konnten, eilte ich zur Toilette, um den Brand mit kaltem Wasser zu löschen. Ich merkte, wie das Blut in meinem Körper immer heißer wurde. Ich dachte, die Erde würde sich öffnen und mich in ihre Hölle hineinziehen.

Nach einigen Minuten und etlichen Litern Wasser ließ der Schmerz endlich nach. Ich sah meine verstümmelten Finger genauer an und mir wurde schmerzlich bewusst, dass Josef sein Versprechen nicht eingehalten und die Flasche offenbar nicht vernichtet hatte. Und das war nur der Anfang von dem, was mich noch erwartete. Ich verband die Wunde mit einer selbstgemachten Kräutertinktur aus Josefs Garten und rief danach nochmals auf Josefs Handy an.

Kurz vor Mitternacht, als ich erneut zum Hörer greifen wollte, überkam mich eine eigenartige Müdigkeit, die sich mit einer Art komatösem Zustand vergleichen ließ, und ich fiel in einen tiefen Schlaf.

Als ich am nächsten Morgen vor lauter Schmerz auf dem Boden gekrümmt und mit steifen Gelenken erwachte, wusste ich sofort, dass es schon viel zu spät war. Zu spät, um der ungeheuerlichen Kraft des Paktes noch entgegenwirken zu können. Weder hatte ich einen Traum, noch half mir Mutter Kam. Ich war ausgeliefert und wusste nichts, was den Fluch noch hätte stoppen können. Verzweifelt versuchte ich immer noch, Josef zu erreichen.

Seit Jahren wartete ich auf diesen einen Tag und sehnte mich nach der Erlösung. Aber jetzt sah meine Lage hoffnungsloser aus denn je. Ich hatte Wutanfälle, war außer mir, fühlte mich im Stich gelassen und gekränkt.

In dieser Ausweglosigkeit bemerkte ich nicht, wie die Tür aufging und plötzlich ein Makler vor mir stand. Mir wurde klar, dass ich mich auf einem fremden Grundstück befand. Ich entschuldigte mich, übergab den Schlüssel und ging, verraten und gebrochen, einer ungewissen Zukunft entgegen.

Ich hatte den ganzen Morgen damit zugebracht, einen Plan zu schmieden, wo ich mit der Suche nach Josef am besten anfangen könnte. Ich entschied mich, meine Suche in der Stadt Van zu beginnen, und buchte mir gleich den nächsten Flug.

Meine verbrannten Finger erinnerten mich ständig daran, dass der Fluch bereits begonnen und ich bis zur nächsten Qual nur noch einen Monat Zeit hatte. Ich musste Josef so schnell wie möglich finden und ihn überreden, mir zu helfen. Vielleicht gab es doch noch eine Chance, den Fluch aufzuhalten.

In Gedanken versunken saß ich am Flughafen und hörte, wie weit entfernt eine mechanische Stimme meinen Namen rief. „Herr Yusuf Kartal wird umgehend zum Flugsteig drei gebeten!"

Die Ansage wiederholte sich ständig. Es klang wie eine Stimme aus einer anderen Welt. Ich wickelte ein frisches Taschentuch um meine pochenden Finger und rannte zu Flugsteig drei. Die genervten Flughafenmitarbeiter drückten mir unsanft meine Bordkarte in die Hand und wiesen mit dem Handrücken in die Richtung, in die ich einsteigen musste.

Kaum hatten wir abgehoben, die Sicherheitsgurte waren noch geschlossen, spürte ich einen unglaublichen Druck auf meinem Brustbein. Mein Herz raste wie verrückt, sodass mein Geist diese Belastung nicht länger aushielt und sich von meinem Körper trennte. Im nächsten Moment sah ich mich zwischen den Wolken schweben. Mutter Kam eilte mir entgegen und streckte ihre Hand nach mir aus. Ein Hauch von Neugier veranlasste mich, nach unten zu schauen. Ich blickte von oben herab auf das Flugzeug, in dem ich saß.

Das hätte ich lieber bleiben lassen sollen, denn durch das Dach des Flugzeuges konnte ich meinen Körper erkennen. Ich sah mich auf meinem Platz sitzen, unbeweglich und mit ausdruckslosen Augen starrte ich nach oben.

Dann verblasste das Bild und die verschwommenen Konturen des Erlik Khans auf meinem Körper wurden lebendig. Er sah zu mir auf und schüttelte den Kopf, daraufhin streckte er seine rechte Hand durch das Fenster. Seine Hand wuchs auf surrealistische Weise und er versuchte damit, die Triebwerke des Flugzeuges zu erreichen. Ich ahnte, was er vorhatte, und wollte ihn davon abbringen, doch Mutter Kam hielt mich zurück.

„Mein Sohn", schrie sie, „schau nicht hin! Glaube nicht alles, was du siehst. Es ist nur ein Trick! Komm mit mir, ich werde dich von seinem Fluch erlösen."

Ich war hin und her gerissen und konnte nicht mehr klar denken. Mutter Kams Augen waren voller Sorge; so ängstlich hatte ich sie noch nie gesehen. Ich blickte hinunter auf das Flugzeug. Die Hand des Erlik Khan berührte schon die Triebwerke. Der Motor stotterte und das Flugzeug begann wie ein Blatt im Wind zu schaukeln. Die Leute darin schrien verängstigt und Mutter Kam wiederholte ihre Worte ständig.

„Komm, Junge, komm mit mir mit, ich werde dich von seinem Fluch erlösen."

„Warum?", rief ich zurück. „Sieh doch endlich ein, dass du mir nicht helfen kannst, ohne dich selbst zu opfern. Bitte, lass mich los, Mutter Kam!"

„Nein", schrie sie zum letzten Mal und weinte bitterlich, als ich meine Hand von ihrer löste.

„Ich kann nicht anders, ich muss mich zu meinen Sünden bekennen", rief ich ihr nach und tauchte zurück ins Flugzeug.

Da fragte mich plötzlich eine liebliche Stimme, ob denn alles in Ordnung sei. Ich schlug meine Augen auf und sah eine Flugbegleiterin vor mir stehen.

„Möchten Sie etwas trinken?", fragte sie lächelnd.

Ich nickte und bedankte mich. Erst als ich meine rechte Hand nach dem Glas Wasser ausstreckte, bemerkte ich, dass sie ölverschmiert war. Ich versuchte vergeblich, sie mit meiner anderen Hand, die noch in ein Taschentuch gewickelt war, abzuwischen.

„Möchten Sie ein feuchtes Tuch haben?", fragte sie mich und deutete auf meine schmutzige Hand.

„Oh ja, gerne. Maschinenöl lässt sich schlecht entfernen", entgegnete ich.

Am Abend erreichte ich schließlich die Stadt Muradiye. Dort nahm ich den Bus zum Dorf Alkasnak, wo Josefs Freundin Sevgi wohnte. Der Bus bremste mit einem lauten Geräusch und riss mich aus einem tiefen Schlaf, den ich wegen der Strapazen der letzten Tage bitter nötig gehabt hatte. Zwei Stunden später saß ich Josefs Frau Sevgi gegenüber. Sie meinte zu mir, dass Josef Brot kaufen gegangen sei und sie nicht wisse, warum er dafür so lange brauche.

Nach langem Warten wurde mir klar, dass Josef nicht vorhatte, jemals wiederzukommen. Er hatte sich für die Flucht entschieden.

Sevgis braune Augen durchbohrten meine Gedanken und ich wusste mit jeder Zuckung meiner Finger, dass ich mich beeilen musste. Ich nahm ihre Hände in meine und wollte mich verabschieden, als der Nebel, hinter dem sich mein Bewusstsein verschanzt hatte, plötzlich verflog. Ich konnte durch Josefs Augen sehen und spüren, was er gerade dachte.

Ich bat Sevgi, mir einen Gegenstand, der Josef gehörte, mitzugeben. Sie überlegte kurz, lächelte dann und eilte ins Schlafzimmer. Kurz darauf erschien sie mit einem Foto von Josef. Sie sagte, sie wollte mir eigentlich eine Silberkette mit einem Kreuzanhänger mitgeben, aber sie könne sie nicht finden. Für sie war es völlig ausgeschlossen, dass Josef sie getragen hatte, bevor er zum Einkaufen gegangen war. Er hatte die Kreuzkette ihr zuliebe abgelegt, weil sie eine Muslimin war. Sie akzeptierte aber, dass Josef die Kette behalten wollte. So waren sie sich einig geworden, die Kette in einer Schatulle aufzubewahren und nur dann herauszunehmen, wenn Josef zur Kirche gehen und beten wollte.

Mit dem Foto in der Tasche verließ ich das Haus und setzte meine Suche nach Josef und damit nach der ersehnten Erlösung fort. Ich fuhr zum Reisebüro zurück und bekam von einem Mitarbeiter mitgeteilt, dass Josef sich ein Busticket nach Istanbul gekauft hatte. Ein kleiner Hoffnungsschimmer glomm in mir auf.

Mein Flug nach Istanbul und die Ankunft am Flughafen verliefen reibungslos. Vom Flughafen aus fuhr ich mit einem alten Taxi zu einem kleinen Hinterhofhotel im Stadtteil Sultanahmet. Das Taxi befand sich für Europäer gewiss in einem unglaublichen Zustand, aber für mich, abgesehen von fernen nostalgischen Erinnerungen, besaß es keine große Bedeutung. In Istanbul bekam ich mit, wie Reichtum und Armut wie in einer Paralleldimension nebeneinander existierten. Ich sah, wie Kinder und Erwachsene in Mülltonnen wühlten, offenbar auf der Suche nach Nahrung und etwas Verwertbarem. Und ich sah Kinder und Erwachsene, die mit ihren teuren Yachten auf dem Bosporus Spritztouren machten.

Hätte ich noch die Macht, die mir einst von Ülgen gegeben worden war, würde ich sie nutzen, um den Menschen die Augen zu öffnen. Aber ich war selbst in einer Notlage und so waren mir die Hände gebunden. Außerdem wollte ich aufhören, mir dauernd Vorwürfe zu machen und in Selbstmitleid zu baden. Stattdessen wollte ich mich ganz auf meine Suche konzentrieren.

Tagelang irrte ich in Istanbuls Straßen umher und suchte vergebens nach einer Spur von Josef.

Als meine Hoffnung wie eine Kerzenflamme im Wind fast erloschen war, beschloss ich, die Suche in Istanbul abzubrechen und nach Deutschland zurückzukehren. Ich lief so lange ziellos umher, bis ich eine riesige Kreuzung erreichte. Meine innere Stimme riet mir, den Weg in die Innenstadt zu nehmen.

Während ich inmitten des Verkehrschaos auf einen Bus wartete, hörte ich plötzlich einen mir wohlbekannten Ton.

Mein Vater, der Schwarze Wolf, sagte mir einst: „Wenn ein Wolf ohne Vollmond heult, dann handelt es sich um eine verwandte Seele in seiner Nähe, die er wahrnimmt und die nach ihm ruft."

Ich blickte mich um, um ausfindig zu machen, woher das Heulen kam. Unter der Überführungsbrücke stand ein abgemagerter, verwundeter Hund.

Während die Menschen selbstsüchtig von hier nach da eilten, reagierten sie auf ihre Umgebung dermaßen unsensibel, als ob sie selbst kein Teil davon wären. In dieser blinden Eile nahmen sie weder den streunenden Hund unter der Brücke noch sein herzzerreißendes Heulen wahr.

Ich beugte mich, um unter die Brückenschräge zu passen, und näherte mich ihm langsam. Bei meinem Anblick freute er sich, als würde er ein altes Familienmitglied wiedersehen. Seine Angst und sein Schmerz waren wie weggeblasen. Ich nahm meinen Rucksack ab, gab ihm etwas zu essen und Wasser. Seine Augen erzählten mir von den schrecklichen Erfahrungen, die er gemacht hatte.

Sein Name war Sultan. Er wurde von einem alten Rentner, der ihn versorgt hatte, wie ein Sultan in einem Palast behandelt. Dann starb der Mann und nun stand er völlig allein auf der Straße. Von da an änderte sich sein Leben schlagartig.

Als er mir seine Geschichte erzählte, krochen Tränen aus seinen Augen und klebten wie schwarzer Eiter auf seinem dreckigen Fell.

Wochenlang war er nun umhergeirrt. Seine letzte Mahlzeit war schon lange her und hatte aus Erbrochenem bestanden, das er hinter einer dreckigen Saufbar vom Boden aufgelesen hatte. Seitdem war er ununterbrochen unterwegs und suchte in Mülltonnen und vor Geschäften nach Essbarem.

Während ich seinen Kopf streichelte, machte er einen zufriedenen Eindruck. Doch dann überkam ihn die Erinnerung und er zog sich ängstlich zurück. Er wusste nicht, ob er mir vertrauen konnte oder Angst vor mir haben sollte. Ich blieb auf Distanz und konzentrierte mich auf die mir von seinen innersten Ängsten übermittelten Bilder.

Es war Feiertag und die Menschen hatten weniger Zeit denn je. Sie schmückten ihre Fenster, bereiteten ihre Höfe und Moscheen für das Opferfest vor und schlachteten Schafe, um sich den Bauch vollzuschlagen. Aber für Sultan hatten sie nicht mal einen Knochen übrig. Wenn er bettelnd daherkam, warfen sie mit Steinen nach ihm und jagten ihn weg.

Eines Tages, als Sultan fast verdurstet und verhungert auf einer der Verkehrsinseln in der Stadtmitte lag, hielt ein großer rostiger Lkw neben ihm an. Ein kräftiger Mann stieg aus, hob Sultan mit einer Metallkralle hoch und warf ihn auf die Ladefläche seines Lkw. Mit einem kratzigen Seufzer flehte Sultan ihn um Hilfe an, aber der Mann beachtete ihn nicht weiter, sondern stieg wieder in seine Fahrerkabine. Sultan konnte sich kaum noch rühren, aber er spürte, dass der Boden, auf dem er gelandet war, nicht so hart war wie die Straßen. Das tat seinen alten Knochen gut.

Obwohl ihm eine innere Stimme riet, dieses weiche Bett zu genießen und sich nicht darum zu kümmern, woraus es bestand, schnüffelte er, um zu erkunden, worauf er lag. Als die Gerüche unerbittlich in seine Nase drangen, registrierte er, dass er auf seinen Artgenossen lag. Mit dieser Erkenntnis bohrte sich im Nu der Gestank von tausendfach getrocknetem Blut und Urin von toten Hunden in seine Sinne.

Der Lkw bog in eine Allee ein. Die Blätter der Bäume streiften seinen verwundeten Körper wie die scharfen Krallen eines Adlers. Er zuckte zusammen und versuchte aufzustehen, um seine Lage einzuschätzen. Doch es gelang ihm nicht. Sein Körper lag ungünstig in einer Grube inmitten von Tierkadavern und der fahrende Lkw machte es ihm nicht leichter. Er ruderte mit allen vier Pfoten in der Luft und suchte vergeblich nach Halt. Er geriet allmählich in Panik und wollte mit aller Kraft aufstehen. Endlich gelang es ihm, sich umzudrehen, aber aufzustehen und zu fliehen, war aussichtslos.

Er wurde schläfrig und so ließ er sich ins Ungewisse kutschieren. Bevor er sich in die sanften Arme des Todesengels begab, blickte er noch einmal nach oben, um den Himmel ein letztes Mal zu sehen.

Vom Himmel fielen Regentropfen auf die Hundekörper. Während er den Regen in vollen Zügen wahrnahm, verspürte er einen großen Durst und schleckte die Tropfen von seinem nassen Fell ab. Das half ihm, wach zu bleiben und ihn von den Toren zur Welt der Toten zurückzuholen, zurück in ein Leben voller Leid und Schmerz. Sultans Reise endete in einem Bootshafen. Von dort aus wurden die Hundekörper auf einen großen Kutter geladen.

Schließlich zeigte er mir, wohin seine Reise ihn geführt hatte. Noch bevor ich es sehen konnte, hörte ich sie … Es war kein Bellen, sondern ein entsetzliches Geheul und Gewimmer.

Ich konnte dieses Gejaule kaum aushalten und wollte den Kontakt schon abbrechen, als ich sie vor mir sah: große und kleine Hunde, allesamt abgemagert bis auf die Knochen. Sie wurden auf eine kleine felsige Insel ohne Bäume gebracht.

Die Hunde, ob tot oder lebendig, wurden auf dieser Hundeinsel ausgesetzt und dort ihrem elendigen Schicksal überlassen. Und täglich kamen mehr Hunde dazu. Sultan und seine Artgenossen, die wie er die Reise überlebt hatten, versuchten, sich in ihrem neuen Zuhause zurechtzufinden.

Es war kein gewöhnliches Zuhause, wie sie es bisher gekannt hatten. Sie mussten in keinen Mülltonnen wühlen und niemanden um einen Knochen anbetteln, denn an diesem Ort waren sie selbst das Futter. Qualvoll zu sterben und von den Artgenossen aufgefressen zu werden, stand hier auf der Tagesordnung. Immer wieder versuchten durstige Hunde, Meerwasser zu trinken, und bekamen jedes Mal einen Schock, als sie mit ihren Zungen das salzige Wasser schaufelten. Ihr Verstand sagte ihnen, dass doch genug Wasser vorhanden sei und sie es bloß trinken müssten, aber ihre Kehlen verrieten ihnen etwas anderes. So waren sie gezwungen zu warten, bis es regnete.

In den nächsten Tagen sah Sultan viele Hunde, die dem Hunger und dem Durst erlagen. Einige versuchten verzweifelt, dem Elend zu entfliehen, und sprangen ins kalte Wasser. Doch sie kamen nicht weit und gingen in der dunklen nassen Hölle unter.

Nachdem ich die Bilder des Verderbens gesehen hatte, wusste ich nicht, ob ich mir noch mehr davon ansehen wollte. Ich fragte mich jedoch, wie Sultan es geschafft hatte, von der Insel zu fliehen, und was mit den anderen Hunden geschehen war. Um das herauszufinden, musste ich alles erfahren, was Sultan dort erlebt und gesehen hatte. Und sein inneres Auge zeigte es mir bis ins kleinste Detail. In mir breitete sich ein unerklärbar schlechtes Gefühl aus, weil ich nichts für sie tun konnte. Ich hatte ein schlechtes Gewissen diesen Tieren gegenüber, die sehr viel Leid erdulden mussten, und fühlte mich wie ein Egoist, der nur an sich selbst und sein eigenes Seelenheil dachte und sich dem ganzen Schmerz dieser Erde bislang verschlossen hielt.

Während ich so sehr mit mir selbst beschäftigt war, sandte Sultan mir weitere quälende Bilder, sodass ich mich zusammenreißen musste, um die Gedanken-übertragung nicht vorzeitig abzubrechen.

Nach Sultans Ankunft auf der Insel vergingen ein paar Tage, bis neue Hunde aus Istanbul hergebracht wurden. Einige Hunde sprangen ins Wasser, als sie den Kutter herannahen sahen. In der Hoffnung, Hilfe zu erhalten, schwammen sie ihrem eigenen Tod entgegen. Für die anderen, die am Ufer warteten, kamen statt der erhofften Hilfe nur noch mehr verwundete und tote Artgenossen.

Nachdem die gesamte Ladung Hunde ausgekippt worden war, fing Sultan unaufhörlich zu heulen an. Ich nahm ihn in meine Arme und massierte seine zitternden Pfoten. Ich sah, wie die Hunde die Neuankömmlinge angriffen und von den Hundeleichen einige Teile abrissen, um ihren Hunger zu stillen.

Sultan schlich sich währenddessen unauffällig in den Motorraum und versteckte sich dort unter einer Plane. Er hatte Glück und wurde von den Männern nicht entdeckt. Ich hatte das Gefühl, dass er mir unbedingt etwas zeigen wollte. Er streckte seinen Kopf unter der Plane hervor und sah sich um, ob jemand in der Nähe war. Als er sich vergewissert hatte, dass er wirklich allein war, kroch er langsam hervor und machte vor einem Zeitungsblatt, das ausgebreitet auf dem Boden lag, halt.

Ich sah mir die Zeitung genauer an. Es überraschte mich nicht, dass es sich um eine Zeitung aus dem Jahr 1910 handelte. Einige seiner Erinnerungen stammten also aus dieser Zeit. Auf der Titelseite war ein Bericht über den damaligen Sultan, Abdülhamid dem II.

Ich spürte, wie Sultans Herz pochte. Er wollte mir also zeigen, dass er auch ein Reisender war, genau wie ich. Aus welchem Jahrhundert er stammte, wusste ich zwar nicht, aber ich spürte eine tiefe Verbundenheit mit ihm. Als er mitbekam, dass mir klar wurde, was er mir mitteilen wollte, fuhr er mit seiner Geschichte fort.

Die anderen Hunde hatten nicht so ein großes Glück gehabt wie er, obwohl es für ihn, zurück in der Zivilisation, auch nicht gerade besser lief. Denn diese Zivilisation gehörte nun mal den feindseligsten Wesen der Erde, die dort die Oberhand besaßen. Nach seiner Rückkehr in die Stadt war Sultan einer Gefahr nach der anderen ausgesetzt. Und so stand er vor mir und erzählte, wie einfach es war, auf Istanbuls Straßen zu verhungern, zu verdursten, vergiftet, erschlagen oder überfahren zu werden. Die Angst saß einem stets im Nacken, bis der Tod einen davon schied.

Von 1910 bis heute hatte sich also nichts geändert. Warum mussten so viele Hunde sterben? Wo waren die

Tierschützer und all die anderen, die Tiere mochten? Auf meine Frage erhielt ich durch Sultans Gedanken eine Antwort. Obwohl in der letzten Zeit die Tierschutzorganisationen sehr aktiv waren, konnten sie nicht alles kontrollieren. Die Behörden hierzulande genossen Narrenfreiheit. Er bellte kurz und es kam mir vor, als ob er lachen würde. Dann erzählte er, wie die Behörden es hinauszögerten, die versprochenen Kastrationen und Sterilisationen durchzuführen.

Nur bei wenigen Hunden kam diese als Augenwischerei zustande. Sultan war davon betroffen und wurde nur deshalb nicht wie viele seiner Artgenossen im Zuge einer Massenvergiftungsaktion getötet. Die Hunde wurden, statt in ihr vertrautes Revier zurückgebracht zu werden, in Wälder und Berge oder auf unbewohnte Inseln in abgelegenen Gebieten ausgesetzt, wo sie dann vor Hunger oder Durst elendig zugrunde gingen.

„Wie damals?"

Ja, aber nun unter einem anderen Vorwand. Jedoch hätte er sich diesmal mit allen vieren gewehrt, um nicht noch einmal auf diese Insel zu müssen, teilte er mir mit.

„Massenvergiftungsaktion sagtest du? Wozu das denn?", fragte ich verblüfft.

„Unter dem Vorwand, dass wir Tollwut hätten", bekam ich zur Antwort und Sultan fügte hinzu, dass das aber nicht stimmte. Sie hätten vielmehr Angst gehabt, die Population nicht mehr unter Kontrolle zu bekommen.

Er machte eine kurze Pause und leckte seine Wunde sorgsam ab.

Ich schloss meine Augen und konzentrierte mich darauf, Sultan Sicherheit zu vermitteln. Er sollte wissen, dass er ab jetzt nicht mehr allein war und auch nie wieder nach Essen und nach Wasser suchen musste.

Ich nahm meine Hand weg und richtete mich auf. Sultan fühlte sich auch besser, weil er wusste, dass er jetzt einen Freund an seiner Seite hatte.

Es war ein heißer Junitag. Sultan und ich waren bis zum Hotel marschiert, um uns dort einige Stunden auszuruhen und neue Energie zu tanken. Ich hatte fast vergessen, warum ich eigentlich nach Istanbul gekommen war. Mein Wille, Josef zu finden, hatte ab dem Zeitpunkt, an dem ich Sultan getroffen hatte, plötzlich abgenommen.

Als ich im Hotelzimmer gerade die Wunde an meinem Finger frisch bandagieren wollte, kam Sultan mit hocherhobenem Kopf herein und schaute mir kurz in die Augen, dann begann er, meine Wunde abzulecken. Seine Zunge war angenehm warm, die Schmerzen ließen allmählich nach und ich konnte sogar meine Fingerknochen wieder bewegen. Sogleich fühlte ich, dass das nicht für immer so bleiben würde. Mir war klar, dass ich nicht mehr viel Zeit hatte. Bevor mich der nächste Schub traf, musste ich schnellstmöglich Josef finden. Der Neumondtag stand bald schon vor der Tür.

Als ich die Suche in Istanbul abbrechen wollte, riet mir Sultan, noch ein paar Tage durchzuhalten. Ich hielt die Landkarte in den Händen und hatte keinen blassen Schimmer, wo ich mit der Suche fortfahren sollte. Minutenlang starrte ich die Karte an, in der Hoffnung, irgendein Zeichen erkennen zu können. Ich ließ Sultan daran schnüffeln und betete ständig zu Mutter Kam, dass sie bald erscheinen und mir bei meiner Suche helfen möge.

Doch vergebens, nichts war so ernüchternd wie die Erkenntnis, dass ich offenbar an einem falschen Ort nach einem Zeichen suchte. Irgendwann würde ich sogar vergessen, warum ich Josef überhaupt suchte.

Ich beschloss, mit Sultan erst einmal an die frische Luft zu gehen und uns etwas zu essen und zu trinken für den bevorstehenden Abend zu besorgen. Nach allem, was Sultan auf der Straße erlebt hatte, glaubte ich, er würde keinen Fuß mehr vor die Tür setzen wollen, aber ich irrte mich. Als ich mich in Richtung Tür bewegte, sprang er sogleich hoch und lief wie der Blitz auf die Straße. Ich musste schon hinterherrennen, um ihn noch einzuholen. Ich rief seinen Namen und hatte Sorge, dass er unter ein fahrendes Auto geraten könnte.

Fast hätte ich ihn aus den Augen verloren, als er plötzlich mitten im Verkehrschaos stehen blieb und heulte. Er heulte so laut, dass man ihn trotz des lauten Verkehrslärms noch hören konnte.

Vorsichtig näherte ich mich ihm. Ich wollte ihn nicht fortscheuchen, aus Angst, dass er wieder die Flucht ergreifen könnte. Mir blieb also nichts anderes übrig, als mich auf ihn zu stürzen und ihn festzuhalten. Er schaute zitternd zu mir hoch, als wollte er mir sagen: „Bete für mich!" Daraufhin riss er sich los und rannte bellend in Istanbuls Verkehrschaos hinein.

Ich konnte seinem schmerzlichen Ruf kaum noch folgen, aber dann bemerkte ich, wie er den Weg nach Eminönü einschlug. Ich nahm eine Abkürzung durch das Gewürzhändlerviertel und sah schon von Weitem, wie er im alten Bootshafen erschöpft zusammenbrach. Ich rief seinen Namen, doch meine Stimme wurde vom Verkehrslärm verschluckt. Zum Glück hatte Sultan mich doch noch gehört, denn er rappelte sich wieder hoch.

Wohin genau Sultan wollte, bekam ich nicht heraus. Vielleicht wollte er die anderen Hunde von der Hunde-insel retten. Ich wusste, welche Energie ich würde aufbringen müssen, um die Hunde von der Insel zurück-zuholen. Ich bat Tengri, mir beizustehen. Ich hätte es auch getan, wenn ich gewusst hätte, dass sie in Istanbuls Straßen besser aufgehoben sein würden. Doch ich entschied mich, die Hunde direkt auf der Insel zu versorgen.

Ich musste nur die richtigen Menschen finden, um die Insel von einer Hundehölle in ein Hund-paradies zu verwandeln. Das sei eine geniale Idee, rief Sultan mir zu und sah, kraftlos wie er dalag, freudestrahlend zu mir hoch. Ich nahm ihn hoch und trug ihn in Richtung Hotel. Er bedankte sich und schleckte mein Gesicht ab. Unterwegs tauschten wir unsere Träume aus und versahen sie mit immer neuen Elementen. Sultan träumte von einem Hundeparadies mit einer Lebensmittelversorgung und Schlafhütten, mit Veterinären und vielen Grünanlagen.

Und ich fügte einen Vergnügungspark für Menschen hinzu, um das alles finanzieren zu können. So könnte man diese Insel als Touristenattraktion nutzen und nebenbei einen Hund adoptieren. Wir müssten dafür nur ein paar Sponsoren gewinnen! Aber dazu war weder ich noch Sultan in der Lage. Ich musste mich erst mal darauf konzentrieren, mir selbst zu helfen und den Fluch zu stoppen. Denn ich stand schon kurz vor dem nächsten Schub, sodass ich mir langsam Sorgen machte.

Auf dem Weg ins Hotel legten wir in einem Straßencafé mit einem kleinen Imbiss eine Pause ein. Nach einer kleinen Erfrischung kam Sultan wieder auf die Beine und konnte schließlich allein weiterlaufen.

Als ich bezahlte, sah ich, wie Sultan draußen von einem Straßenzeichner gestreichelt wurde. Er saß so vor ihm, als ob er sich bewusst positionieren wollte. Der Mann nahm seinen Stift in die Hand und begann zu zeichnen. Ich grüßte ihn höflich und fragte, was er da zeichne, aber er antwortete mir nicht. Stattdessen deutete er mit einer Handbewegung an, dass ich neben Sultan auf dem Hocker Platz nehmen solle.

Er sah nicht sehr alt aus, ich schätzte ihn höchstens Mitte fünfzig. Er war komplett ergraut und hatte große Augen und hohe Wangenknochen. Ich gewann den Eindruck, dass er sich, nachdem er sich selbst im Spiegel betrachtet hatte, dazu entschlossen hatte, Zeichner zu werden - so sehr ähnelte er einer Comic-figur.

Er war auffällig bunt gekleidet und trug eine Mütze und einen Schal. Als er bemerkte, dass ich ihn unentwegt anstarrte, deutete er mit einem Lachen erneut auf den Platz neben Sultan. Peinlich berührt folgte ich seiner Anweisung, obwohl ich keinen Grund dazu hatte, schließlich hatte er mich nicht mal gefragt, ob ich über-haupt gezeichnet werden wollte.

Nach einer Weile sagte er: „So, das war's, das Bild ist vollendet. Es gehört Ihnen, mein Herr. Geben Sie mir einfach, was Sie für angemessen halten."

Das Bild war ausgezeichnet, auch wenn der Zeichner dem Ganzen einen anderen Hintergrund hinzugefügt hatte. Dieser bestand aus irgendeinem alten Gebäude. Ich nahm das Bild an mich und honorierte den Zeichner in türkischen Banknoten mit einem angemessenen Betrag.

Zurück im Hotel stellte ich das Bild auf den Nachttisch und betrachtete es genauer. Dabei fiel mir auf, dass der Künstler mich nicht ganz genau gezeichnet hatte. Er hatte mir eine Halskette mit einem Kreuzanhänger verpasst. Ich nahm das Bild in die Hand und sah es mir noch mal genauer an. Es bestand kein Zweifel, der Mann hatte mich mit einer Kreuzkette dargestellt.

Ich grübelte eine Weile und konnte mir nicht erklären, warum ein Zeichner das in einem islamischen Land tat. Meine Neugier vermischte sich mit einem komischen Bauchgefühl. Ich nahm mir vor, ihn erneut aufzusuchen und ihn zu fragen, was es damit auf sich hätte. Ich packte das Bild in meinen Rucksack und ging zügig zu der Stelle, an der er gestanden hatte, fand dort aber nur einen Haufen Zigarettenstummel und eine leere Bierflasche vor. Ich untersuchte die Stelle genau, um irgendein Zeichen zu erkennen. Dabei sah ich mir immer wieder die Zeichnung an, bis mir klar wurde, dass er gar nicht mich, sondern eher Josef gezeichnet hatte, aber mit meinem Gesicht. Ich fragte mich, wie ich das nur hatte übersehen können. Alles deutete darauf hin, dass hier etwas nicht mit rechten Dingen zuging.

Das Bild zeigte mehr Josef als mich. Oder handelte es sich hierbei bloß um eine Sinnestäuschung? War es vielleicht sogar so, dass ich ihn mit meiner Jacke nicht gleich erkannt hatte, aber jetzt, nachdem ich das Bild genauer untersucht hatte, ihn nun doch sehen konnte? Wie dem auch sei, ich hatte keinen Zweifel daran, dass der Umriss des Körpers mitsamt der Halskette eindeutig zu Josef gehörte. Warum mir das nicht sofort aufgefallen war, wusste ich in dem Moment zwar nicht, aber ich hatte wieder Hoffnung, dass ich nun doch auf der richtigen Spur war.

Von dem Kellner des Straßencafés erfuhr ich, dass der Zeichner Tuncay hieß und sich unter der Galata-Brücke hinter einer Bar ein Atelier eingerichtet hatte.

Nachdem die Sonne ihr rotes Lichtspiel beendet hatte, wurde es schnell dämmrig. Ehe alles in kompletter Dunkelheit versank, wollte ich die alte Galata-Brücke erreichen. Sultan musste mir hinterherrennen, um mit mir Schritt halten zu können.

Ich wusste nicht genau, in welche Richtung ich gehen sollte, also fragte ich dauernd Passanten nach der Brücke. Alle kannten die alte Galata-Brücke über dem Goldenen Horn. Obwohl sie Istanbuls berühmteste Brücke war, schien es mir in dem Moment so, als ob sich keiner in seiner Stadt richtig auskennen würde. Sie führten mich von einem Irrweg auf den anderen, bis in die labyrinthischen Gassen der Altstadt. Bauchgefühl hin oder her, in dieser Chaosmetropole verschwand mein ganzer Orientierungssinn und ich klammerte mich einzig und allein an die Hoffnung, dass die Richtung schon stimmen und ich sie sicher finden würde.

Endlich kam sie hinter einem dichten Nebel langsam zum Vorschein und es wirkte, als ob sie die ganze Zeit mit mir Verstecken gespielt hätte: die zweitgrößte Klappbrücke der Welt. Die Hauptverbindung zwischen dem alten und dem neuen Istanbul zeigte sich geschäftig mit ihren zahlreichen Anglern und den vielen Restaurants, Bars und Cafés. Alles zusammen wirkte auf mich wie ein altorientalisches Gemälde mit einer Moschee.

Ich suchte mir eine Bar aus, von der ich dachte, dass ich mich dort über das Atelier des Zeichners erkundigen könnte. Sogleich kam mir ein Kellner entgegen und stoppte mich vor der Tür. Er sah mich und Sultan unfreundlich an und sagte: „Mein Herr, hier dürfen keine Hunde rein, bitte bringen Sie Ihren Hund raus!"

Ich entschuldigte mich höflich und fragte ihn: „Ich suche einen Zeichner namens Tuncay. Können Sie mir sagen, wo sich sein Atelier befindet?"

Der Kellner lächelte undeutlich. Doch ich war mir sicher, dass er den Zeichner kannte, und schaute ihn fragend an.

Daraufhin sagte er: „Moment, ich sehe mal nach, ob er da ist."

Er verschwand hinter der Bar um die Ecke, während ich mit Sultan vor der Tür wartete. Einige Minuten später näherte sich uns jemand von hinten und rief: „Hallo, ihr zwei! Kommt mit."

Diesmal war das ein anderer Kellner, ein älterer Mann. Ich dachte mir nichts dabei, schließlich wimmelte es hier von Kellnern, die nur sichergehen wollten, wann jemand sein Getränk ausgetrunken hatte, um das Glas dann in Sekundenschnelle wieder aufzufüllen.

Wir folgten dem alten Kellner hinter die Bar bis auf den Brückenrand und kamen vor einer kleinen Zimmertür, die unter der Brücke versteckt lag, zum Stehen. Bevor wir eintraten, kam uns Tuncay mit einem erstaunten Gesichtsausdruck entgegen. „Selamun aleykum, meine Herren. Willkommen in meiner Fakirhane!"

„Fakir? Soll ich das auf Türkisch oder auf Arabisch verstehen?", scherzte ich und deutete hinter dem Metallgeländer auf den malerischen Bosporus.

„In welchem Land bist du jetzt, mein Freund? Ich hoffe, ich muss nicht fürchten, dass euch meine Zeichnung nicht mehr gefällt, denn das Geld habe ich bereits ausgegeben", gab er grinsend zurück und lud uns in sein Atelier ein.

„Nein, da haben Sie nichts zu befürchten", antwortete ich freundlich und bedankte mich, dass er uns hineingebeten hatte.

Das Atelier war einfach eingerichtet, doch es hatte etwas an sich, das einen sofort in seinen Bann zog. Die schrägen Karikaturen an den Wänden, die mit Absicht völlig durcheinanderhingen, der Holztisch mit seinen zwei Stühlen, die so unterschiedlich waren wie Tag und

Nacht, und schließlich die beiden Holzklötze, die auf dem Boden vor einem kleinen Messingtisch als Hocker dienten, versprühten ein orientalisches Flair.

Er nahm einen dicken Papierstapel vom Tisch und legte ihn auf einer alten, morschen Munitionskiste aus Holz ab, die in einer Ecke des Zimmers als Dekoration diente, und deutete an, dass ich mich auf den Stuhl setzen solle. Sultan stellte er eine Schüssel Wasser hin und streichelte sein struppiges Fell. „Was kann ich für euch tun, meine Herren?" Mir gefiel die Art und Weise, wie er mit uns sprach. Er nahm Sultan genauso ernst wie mich, und das machte ihn in meinen Augen zu einem zuverlässigen Freund, dem man alles anvertrauen konnte.

Ich zeigte ihm die Zeichnung, die ich die ganze Zeit über in meinem Rucksack aufbewahrt hatte. „Wir wollen Sie nicht von Ihrer Arbeit abhalten. Es sind nur zwei kleine Fragen zu Ihrer Zeichnung, die ich gerne beantwortet hätte!"

„Ach, lassen wir das Siezen. Ich zeichne keinen, den ich nicht auch duzen würde", unterbrach er mich freundlich und nahm mir die Zeichnung aus der Hand.

„Ich wollte wissen, warum du mich mit einem Kreuzanhänger gezeichnet hast? Hat das irgendeine Bedeutung für dich? Oder sollte es eine für mich haben?", fragte ich ihn ohne Umschweife.

Er setzte seine Brille auf und betrachtete die Zeichnung genauer. „Tatsächlich. Es sieht so aus, als ob da eine Kreuzkette zu sehen ist, aber es sollte eigentlich einen Schatten darstellen." Er gab mir die Zeichnung zurück und fügte hinzu: „Es tut mir leid, mein Freund. Ich bin nur ein Zeichner, der das zeichnet, was er zu sehen meint, und nicht wie ein Fotoapparat genau das aufzeichnet, was tatsächlich zu sehen ist. Wenn dich das Kreuz stört, kann ich es gerne wegretuschieren."

„Nein, das ist schon in Ordnung. Alle religiösen Symbole repräsentieren im Grunde nur den Glauben und alle nehmen Gott oder die Götter unterschiedlich wahr."

„Gott hat eben viele Gesichter. Eines davon ist das hier", entgegnete er und zeigte auf sein eigenes Gesicht, während er schief lächelte. „Lass mich raten: Deine zweite Frage zielt darauf ab, was das im Hintergrund für ein Gebäude ist?", fuhr er fort.

„Genau genommen wollte ich von dir wissen, wo dieses Gebäude steht, falls es wirklich existiert, denn ich möchte es mir gerne aus der Nähe anschauen."

„Das Gebäude gibt es wirklich und es befindet sich auf der Faik-Paşa-Straße in der Gegend Çukurcuma. Es ist ein sehr altes Steinhaus. Darin befindet sich jetzt ein Antiquitätenladen. Ich liebe es, solche Gebäude als Hintergrund zu zeichnen. Ich denke, das verleiht meinen Zeichnungen einen gewissen Charakter, findest du nicht? Ich zeichnete es, bevor dein Hund vor mir stand, und wusste nicht, wen ich noch dazu zeichnen würde. Das mache ich immer so."

„Ist das alles?", fragte ich.

„Was meinst du damit?", entgegnete er mit einem skeptischen Blick.

„Ich hatte gehofft, dort ein Zeichen zu finden. Besser gesagt eine Antwort auf meine Fragen. Ich sitze tief in der Klemme, mein Freund, und suche etwas, was ich womöglich niemals, zumindest nicht hier, finden werde."

„Oh, so ist das also, dieser Idiot kann sein Maul einfach nicht halten, schwätzt nur wirres Zeug, das einfach keinen Sinn ergibt", stieß er ärgerlich hervor.

„Von wem sprichst du?", fragte ich erstaunt.

„Na, von dem, der dich zu mir geschickt hat. Wie hättest du sonst herfinden sollen?", antwortete er deutlich lauter.

„Niemand hat mir irgendetwas aufgeschwatzt, dass dich beunruhigen sollte, mein Freund. Ich habe im Café nach dir gefragt und sie haben mir diese Adresse hier genannt."

Er sah mich an und wandte sich schließlich zur Fensterseite. „Also gut, also gut. Ich versuche, es dir zu erklären." Er hob seine Mütze, fuhr sich durch die grauen Haare und sah eine Weile aufs Meer.

Dann fuhr er fort: „Eigentlich ist das Ganze ein ziemlich spannendes und mysteriöses Spiel zugleich. Ich zeichne etwas und dann füge ich jemanden hinzu, der zufällig vorbeikommt und im Nachhinein oft etwas herausfindet, was ein zusätzliches Detail des Bildes betrifft. Ein ziemlich abgedrehtes Spiel, nicht wahr?" Er lächelte und wandte sich zu den Zeichnungen an der Wand.

„Du denkst bestimmt, ich sei verrückt, nur sieh dir mal dieses Bild an! Es stammt aus dem Jahr 2001. Ein Tourist aus New York wollte im Hintergrund den Bosporus gezeichnet haben und ich hatte noch zwei Flugzeuge als Details hineingebracht. Er sagte mir, er möge keine Flugzeuge und ich solle sie wieder löschen. Ich zeichnete also einige Wolken, um die Flugzeuge zu überdecken. Retuschieren war allerdings noch nie meine Stärke. Siehst du, das sieht aus wie zwei Explosionen, die durch die Flugzeuge verursacht werden, und die Brückenpfeiler wirken wie zwei Türme. Er wollte dieses Bild nicht mitnehmen und ich versprach ihm, ein neues zu zeichnen und nach New York zu schicken. Er gab mir seine Arbeitsadresse. Drei Mal darfst du raten, welche Adresse er mir in die Hand gedrückt hat."

Er zeigte mir eine Zeichnung nach der anderen. Dann hielt er inne. „Du fragst dich jetzt bestimmt, ob ich nur Katastrophen vorhersagen kann, oder? Nun, ich will das mal mit einem Jein beantworten."

„Um mich nicht zu beunruhigen?", entgegnete ich und lächelte gequält.

„Nein, nicht ganz. Auch gute Ereignisse, wie gefundene Schmuckstücke oder verschollene Personen, habe ich hin und wieder gezeichnet, aber das kommt ehrlich gesagt eher selten vor, denn eine gute Sache braucht ja keine Vorwarnung. Was hast du denn zu befürchten, mein Freund?", fragte er interessiert.

Ich erzählte ihm, was mir noch bruchstückhaft in Erinnerung geblieben war. Nachdem er meine Geschichte gehört hatte, kratzte er sich am Kopf, holte die Munitionskiste aus der Ecke und kramte schließlich eine Raki-Flasche sowie zwei Gläser hervor.

„Das ist eine äußerst haarsträubende Geschichte, mein Freund. Ich würde nicht einmal meinem ärgsten Feind wünschen, was dir widerfahren ist. Lass uns erst mal etwas trinken, vielleicht sehen wir dann klarer, was bisher keiner von uns wahrgenommen hat. Wie sagt man so schön? Der Teufel steckt im Detail. Auch die Lösung hält sich meistens dort versteckt, aber ich kann sie nur sehen, wenn ich meine Löwenmilch bekomme."

Er lachte und verteilte den Raki gleichmäßig auf beide Gläser. Ich nahm ein Glas und bedankte mich höflich. Er nickte kurz, dann leerte er sein Glas in einem Zug. Ich hingegen nippte nur an dem Glas.

„Los, trink aus! Was du geschenkt bekommst, sollst du annehmen, mein Freund. Auch wenn es ein leeres Grab ist, man weiß nie, wann man es gebrauchen kann." Er zwinkerte mir mit einem Auge zu und schenkte sich nochmals nach, trank aus und schüttelte sich. „Das zieht einem echt die Schuhe aus."

„Meine Geschichte oder der Raki?", scherzte ich.

„Beides", meinte er, nahm meine Zeichnung in die Hand, ging zum Fenster und betrachtete sie eingehend.

„Moruk, es ist tatsächlich ein gottverdammtes Kreuz, das ich da gezeichnet habe", flüsterte er. Ohne sich umzudrehen, rief er: „Was sagt dir eigentlich … Ich meine, was verstehst du unter einem Kreuz? Hat es für dich irgendeine Bedeutung? Optisch betrachtet zeigt es mir persönlich vier Richtungen. Psychologisch gesehen …" Er überlegte wohl, was er von einem Kreuz hielt, und ich fragte mich, welche Bedeutung so ein Kreuz für mich hatte.

„Ein Kreuzzeichen der Kirche ist ein Zeichen für das Glaubensbekenntnis. Im Schamanismus gibt es dagegen andere Symbole, beispielsweise den Lebensbaum", sagte ich.

„Nicht schlecht! Für einen Schamanen kennst du dich mit dem Christentum gut aus!", amüsierte er sich.

„Ja, das stimmt, ich kenn mich zwar nicht gut aus, aber ich versuche, es aus meiner Sicht zu interpretieren. Also, die Gläubigen berühren mit der rechten Hand zuerst die Stirn und sprechen dabei ‚Im Namen des Vaters'. Das ist die obere Seite des Kreuzes. Für mich ist es eindeutig, dass die Gedanken, die Wahrnehmung und die Gefühle vom Gehirn ausgelöst werden - ohne Gehirn kein Gott. Im türkischen Schamanismus heißt die Gottheit Kara Han. Das heißt, dass das Gehirn Gott erschafft und umgekehrt. Aber nun zurück zum Christentum: Dann kommt der Teil, bei dem sie ihre Brust berühren und die Worte ‚und des Sohnes' sagen. Stimmt's?", fragte ich.

Tuncay trat einige Schritte zurück. „Heiliger Strohsack, das fragst du ausgerechnet jemanden, der sich nicht mal mit seiner eigenen Religion auskennt?"

„Ist schon okay, ich habe nur laut gedacht", erklärte ich schnell.

„Alles gut, mach nur! Ich höre dir aufmerksam zu und kritzle derweil ein wenig auf meinem Block herum, vielleicht kommt etwas Brauchbares dabei heraus."

„Die Brust ist also der Sohn, dieser ist ein Mensch und damit körperlich. Könnte das nicht eine Definition des Körpers sein? Und ich meine damit ausschließlich den Körper ohne Gehirn. Umgekehrt jedoch gibt es ohne einen Körper auch kein Gehirn, denn der ganze Körper wird durch das Gehirn gesteuert. Am Ende kommt der Geist ins Spiel. Ohne Gehirn und ohne Körper gibt es auch keinen Geist. Dieser ist nur eine Macht. Das Sein ist die Wahrnehmung unseres Ichs, das Gehirn steuert uns und das ist der wahre Gott. Der Kara Han. Wir sind also eins mit Gott."

Tuncay setzte wieder sein Grinsen auf. „Tja, ich habe dir ja schon gesagt, dass Gott viele Gesichter hat. Und das ist eins davon." Er klopfte mit der Faust gegen seine Stirn.

Mir war nicht zum Lachen zumute. „Ja, alles ist in einem. Fehlt jedoch ein Teil der Dreifaltigkeit, wird man in ein zeitloses Grauen gesperrt und weiß sich nicht mehr zu helfen. So wie ich eben."

Tuncay lächelte zaghaft. Ich sah ihm an, dass er sich anstrengte, mich wenigstens ein bisschen aufzuheitern. „Ja, aber das Kreuz hast du gut beschrieben, mein Freund. Wenn die Menschen es genauso betrachten würden, hätten sie sich etliche Kriege, viel Leid und Schmerz ersparen können."

„Du hast recht, ich kann mir unter einem Kreuz nichts Besseres vorstellen."

„Hat die Kette vielleicht mit dem Christentum zu tun? Wenn ja, dann muss ich passen, mein Freund. Ich kenne mich weder mit dem Christentum noch mit dem Islam besonders gut aus", erklärte er besorgt.

„Ich glaube, es hat gar nichts mit einer Religion zu tun. Wie du schon gesagt hast: Der Teufel steckt im Detail. Wir müssen nur noch herausfinden, in welchem", entgegnete ich.

„Dann haben wir das schon mal geklärt. Jetzt brauche ich dringend eine Zigarettenpause."

Ich mochte diesen lustigen Kerl. Langsam gewöhnte sich auch Sultan an ihn, denn er streifte wie eine Katze dauernd um seine Beine.

„Und, was hast du gezeichnet? Kann ich das mal sehen?", fragte ich und warf einen Blick auf das Blatt. Ich staunte nicht schlecht, als ich sah, dass er nur ein Wort und eine Zahl niedergeschrieben hatte: *Du* und *plus zwei*.

Er bemerkte, dass ich grübelte, und sagte: „Irgendwie fällt mir heute nichts Gescheites ein. Offenbar bin ich gerade nicht in der richtigen Stimmung."

„Meinst du etwa mich mit dem Du? Aber warum plus zwei?", fragte ich nachdenklich.

Er zeigte mit dem Zeigefinger auf mich und sagte: „Du! Du!", dabei wie ein Verrückter lachend.

„Dudu!", sprach ich ihm nach. „Dudu! Ich habe dieses Wort schon mal gehört, aber wo?", fragte ich, diesmal mit mehr Energie.

„Ach, lass es gut sein. Ich sagte ja, dass heute alles unbrauchbar ist."

Er schnappte sich das Bild auf der Fensterbank und fuchtelte damit vor meiner Nase herum. „Ich habe eine Idee! Wir gehen jetzt nach Çukurcuma und suchen dieses Gebäude auf."

Vor der Tür erblickten wir den zweiten Kellner, der uns zum Atelier begleitet hatte. Er wischte gerade den Boden auf.

Sultan rutschte aus und sprang einen Moment herum, um unter seinen Pfoten wieder einen sicheren Halt zu finden. Der Kellner schreckte zurück, als ob er ein Monster vor Augen hätte.

„Keine Angst, er tut niemandem etwas", wollte ich ihn beruhigen und sah Tuncay fragend an.

„Ich denke, es ist besser, wenn wir Sultan hierlassen. Im Bus werden sich bestimmt viele vor ihm fürchten. Außerdem können wir uns ohne ihn schneller bewegen."

Ich hielt das für eine gute Idee und musste Sultan nicht mal überreden, denn er ging freiwillig zurück ins Atelier. Der Kellner nickte freundlich und widmete sich wieder dem Boden. Tuncay deutete auf den Weg, der aus dem Inneren der Brücke hinausführte. Als wir endlich draußen standen, sprach er: „Er ist ein bisschen … Nun, wie soll ich sagen? Er ist ein bisschen verrückt. Er war ein guter Dirigent eines großen Stadtorchesters. Seitdem das Dach des Konzertgebäudes bei einem Brand eingebrochen ist, kommt er jeden Tag zu mir und wischt freiwillig den Boden. Er ist überzeugt, dass eine Zeichnung von mir ihn davon abgehalten hat, an jenem Tag zum Konzert zu gehen. Jetzt weißt du, warum ich vermeiden möchte, dass man dieses Phänomen mit dem Zeichnen an die große Glocke hängt. Es könnten auch alles nur Zufälle sein. Oder sehe ich so aus, als wäre ich ein Medium?", scherzte er lächelnd.

„Hm, wenn ich mir dein Gesicht so anschaue, sehe ich auch noch Gott", gab ich schmunzelnd zurück.

Tuncay hatte mich mit seinem Humor angesteckt und ich erkannte sogar den Unterschied zwischen Ironie, Galgenhumor und Zynismus, Letzteres nur als bösartigen Spott. Zum ersten Mal in meinem langen Leben, das ich bisher mit der Suche nach meinem Befreier verbracht hatte, fühlte ich mich richtig gelöst und auch ein wenig von meiner Angst befreit, die ich vor dem kommenden Schub verständlicherweise hatte.

Als wir an der Faik-Paşa-Straße angekommen waren, steuerte Tuncay direkt auf den Antiquitätenladen zu. Tuncay war wirklich ein exzellenter Zeichner, ein Naturtalent eben. Ich erkannte das Gebäude schon von Weitem und es sah genauso aus wie auf dem Bild.

Die Eingangsglocke alarmierte den Verkäufer, der aus dem hinteren Bereich seiner Verkaufstheke durch eine schmale Tür herauskam.

„Wie kann ich euch helfen?", fragte er freundlich.

„Wir suchen etwas", erklärte Tuncay knapp.

„Etwas haben wir nicht, aber sonst so ziemlich alles", meinte der Verkäufer trocken. „Also, was darf's sein?"

„Etwas Kleines!", rief ich schnell.

„Ja, etwas Kleines", plapperte Tuncay mir nach und sah mir dauernd ins Gesicht, in der Hoffnung, darin meine Reaktion auf die Gegenstände abzulesen.

„Hm, was darf es denn kosten?", fragte der Verkäufer, um herauszufinden, wie viel Geld wir zur Verfügung hatten.

In dem Moment blitzte es in Tuncays Augen und er zeigte mir die Kreuzkette auf der Zeichnung. Ich hatte sofort verstanden, worauf er hinauswollte.

„Wir suchen eine Kette mit einem Kreuzanhänger", antwortete ich.

„Ja, genau das suchen wir. Haben Sie etwas in der Richtung?", fuhr Tuncay fort und hielt dem Verkäufer die Zeichnung unter die Nase.

Der Verkäufer setzte seine Lesebrille auf und betrachtete die winzige Kreuzkette. „Nein, so etwas habe ich nicht, aber die Zeichnung stammt von einem berühmten Zeichner. Ich habe hier eine alte Comicsammlung von ihm. Sie können sich seine Zeichnungen gerne anschauen. Wenn Sie sie alle nehmen, gibt's natürlich einen kleinen Rabatt."

Der Verkäufer ging zu einem Regal, auf dem viele alte Bücher und Zeitschriften lagen. Tuncay wandte sich mir zu und sagte augenzwinkernd: „Siehst du, was für ein antiquarischer Mann ich bin?"

Über diesen Satz wollte ich lachen, doch ich kam nicht dazu. Erst verspürte ich ein eigenartiges Zwicken in meiner Brust. Ich öffnete meine Hemdknöpfe, um nachzusehen, ob mich vielleicht ein Floh gebissen hatte. Dann spürte ich einen Stich.

Kurz darauf folgte ein heftiger und brennender Schmerz, der mich zusammensacken ließ. Ich bekam kaum noch Luft. Tuncay und der Verkäufer reagierten sofort und trugen mich auf ein orientalisches Kanapee.

„Was ist los, Moruk? Komm zu dir. Mach keinen Quatsch, okay? Oder willst du eine Mund-zu-Mund-Beatmung mit einer Raki-Fahne haben?"

Wie im Traum vernahm ich Tuncays Stimme. Während er die restlichen Knöpfe öffnete, versuchte er, mich aufzumuntern.

„Oh nein, was ist das?", rief er plötzlich.

Ich öffnete meine Augen und wollte mich aufrichten, um zu sehen, was er meinte. Aber ich konnte mich kaum bewegen und sah nur Tuncays besorgten Blick. In dem Moment näherte sich der Verkäufer zusammen mit einem fremden Mann.

„Das ist der Nachbar Arno. Er hat vor einem Monat einen Erste-Hilfe-Kurs absolviert", erklärte der Verkäufer kurz.

Tuncay lächelte und sagte: „Arno kommt aus dem Deutschen und bedeutet Adler, nicht wahr? Und unser Patient heißt Kartal."

Der fremde Mann lächelte zurück und wandte sich zu mir. Tuncay wich zur Seite und ließ dem Mann den Vortritt. Ich blickte auf sein offenes Hemd und die silberne Kette, die an seinem Hals baumelte. Der Kreuzanhänger pendelte direkt vor meiner Nase, als ob er sagen wollte: Du hast nach mir gesucht, hier bin ich! „Kannst du mich hören?", fragte er hektisch.

Ich deutete auf meine Brust. „Ich weiß nicht, was los ist, aber es brennt wirklich höllisch. Kannst du etwas tun, damit es sich abkühlt?", fragte ich.

Er besah sich die Wunde und wollte wissen, ob ich vielleicht eine ätzende Säure berührt hätte. Diese Frage verneinte Tuncay an meiner Stelle und meinte, wir hätten das Geschäft ganz normal betreten, um nach einer Kreuzkette zu fragen.

„Kreuzkette?", fragte der Mann und sah sich meine Brust genauer an. „Sehen Sie auch, was ich hier sehe?"

„Ja", antwortete Tuncay genervt, „es sieht verdammt noch mal aus wie ein Kreuz."

„Es ist ein Kreuz! Es sieht aus wie ein Stigma! Wieso suchen Sie eigentlich eine Kreuzkette?"

Der Mann wandte sich schließlich von mir ab und mir gelang es endlich, meinen Körper aufzurichten. Alle wollten mir gleichzeitig unter die Arme greifen.

„Nicht nötig, mir geht es schon wieder besser", sagte ich und ergänzte: „Bitte, werter Herr, kann ich mir Ihre Kreuzkette näher ansehen?"

Ich konnte mir schon vorstellen, dass Tuncay und der Verkäufer überrascht waren, als sie die Kette am Hals des Nachbarn gesehen hatten. Genau diese Kette hatte Tuncay nämlich gezeichnet.

Der Mann nahm die Kette ab und reichte sie mir. Sein Gesichtsausdruck verriet mir allerdings, dass er gar nicht genauer wissen wollte, was hier vor sich ging.

Ich erwartete zunächst, dass ich ein Kribbeln oder gar ein Brennen in meiner Hand spüren würde, das mit irgendwelchen schrecklichen Halluzinationen einherging. Die Wirkung war jedoch eine ganz andere: Statt der erwarteten Schmerzen und irgendwelcher düsterer Vorahnungen überkam mich ein behagliches Gefühl – eine Erleichterung, die mir sehr guttat. Ich fragte den Mann, wo er die Kette herhabe und ob ich sie ihm abkaufen könne.

Daraufhin antwortete der Verkäufer rasch: „Ich habe sie ihm verkauft. Sie ist antik und aus echtem Silber, versehen mit einigen Edelsteinen. Sehen Sie nur." Dann setzte er noch hinzu: „Ich denke, dass sie ihren Erstbesitzer ein Vermögen gekostet hat. Arno hat sie von mir für 150 Lira bekommen. Nachbarschaftsrabatt, versteht sich."

„Ich gebe Ihnen 250 Lira", sagte ich und wandte mich vom grinsenden Gesicht des Verkäufers ab und seinem Nachbarn zu.

Dieser war überrascht und wusste nicht, was er mir antworten sollte.

„Sag ja, Arno!", rief der Verkäufer und machte ein Handzeichen, um anzudeuten, dass das ein gutes Geschäft wäre.

Daraufhin ging Tuncay zu den Zeitschriften und unterzeichnete jede einzelne mit dem schwarzen Tintenstift, den er bei sich trug.

Als der Verkäufer sah, was er tat, fuhr er ihn wütend an. „Sind Sie wahnsinnig? Die alten Zeitschriften können Sie doch nicht einfach vollkritzeln!"

Tuncay zwinkerte ihm zu und meinte: „So sind sie sogar noch viel mehr wert."

Der Verkäufer staunte nicht schlecht, als er die Unterschrift sah. „Das … Das gibt's doch nicht! Sie sind es, der berühmteste Karikaturist aller Zeiten. Sie, in meinem Laden?", rief er freudestrahlend.

„Jetzt übertreiben Sie nicht, mein Herr. Sie tun, als ob ich Mordillo wäre", sagte Tuncay.

„Nun seien Sie mal nicht so bescheiden. Für mich sind Sie mehr als ein Mordillo oder Picasso. Mit Ihren Comics bin ich aufgewachsen. In den Zeiten der Militärmacht haben uns Ihre humorvollen Zeichnungen aufgemuntert und uns das Lachen zurückgebracht, das wir in diesen dunklen Zeiten sonst wohl völlig verloren hätten."

Sichtlich peinlich berührt bedankte sich Tuncay für dieses Lob. Der Nachbar nahm seine Kette ab und streckte sie mir entgegen. Er sagte, er wünsche mir, die Kette möge mir den Weg weisen.

Ich war zuversichtlicher denn je. Mit dem Kreuz für alle vier Richtungen, einer Kette, die in meinen Augen symbolisch die Schicksale mit den Begebenheiten verknüpfte, und mit meinem treuen Freund Sultan an meiner Seite rückten Josefs Auffinden und meine ersehnte Erlösung näher.

Ich zählte meine letzten großen türkischen Banknoten, übergab sie Arno und nahm die Kette an mich. Viel Geld hatte ich nicht mehr übrig, mein letzter Lohn als Krankenpfleger war schon fast aufgebraucht. Es war mir klar, dass ich ein wenig Geld verdienen musste, um weiterziehen zu können.

Auf dem Heimweg fragte ich Tuncay, ob er einen Gelegenheitsjob für mich wisse, auch wenn es nur für ein paar Tage sei. Und wie das Schicksal es wollte, hatte ich Glück und die Tageszeitung hielt einen ganz besonderen Job für mich parat. Auf einer recht kleinen Insel, der sogenannten Prinzeninsel, fand ich eine ausgesprochen gute Stelle als Privatkrankenpfleger. Eine ältere österreichische Botschaftsmitarbeiterin suchte für ihren älteren Bruder einen Krankenpfleger, der die deutsche Sprache einigermaßen beherrschte. Dieses Glück hatte ich meinem Erlöser zu verdanken, denn ich hatte mir die deutsche Sprache wie auch viele andere Sprachen dieser Erde auf der Suche nach ihm angeeignet. Außerdem hatte der Rentner seinerzeit für das österreichische Gymnasium als Deutschlehrer gearbeitet und sprach bereits etwas Türkisch. Die Sprache war also kein großes Problem.

Zurück in Tuncays Atelier aßen wir gemeinsam Abendbrot und fütterten Sultan, der die ganze Zeit über vor
Freude mit dem Schwanz wedelte.

Am Abend verabschiedete ich mich von Tuncay und
machte mich mit Sultan auf den Weg zu meinem ersten
Vorstellungstermin in Istanbul. Auf der Fähre traf ich
einen Mann, der allein auf dem Oberdeck saß. Um sich
vor dem kalten Wind zu schützen, hatte er eine Strick-
mütze auf.

Kaum hatte er Notiz von mir genommen, blickte er
zurück in Richtung Festland und rief: „Das ist Istanbul.
Die Stadt ist ein Monster, das die Schwächsten
schluckt", rief er laut. Seine Stimme wurde von dem
Wind zerstückelt und davongetragen.

Als ich auf der Insel Burgaz ankam, bemerkte ich sofort
die außergewöhnliche und wohltuende Stille. Außer
einem Polizeiauto und einem Krankenwagen gab es
dort keine motorisierten Fahrzeuge. Ein Umstand, den
ich auf Anhieb sehr angenehm fand.

Das einzige Fortbewegungsmittel auf der Insel waren
die Pferdekutschen. Egal, mit wie viel PS sie auch
unterwegs waren, sie konnten den Geräuschpegel der
Autos nicht erreichen, geschweige denn den der Laster
mit kaputtem Auspuff, die Istanbuls Straßen verstopf-
ten.

Ich ging neben einem Pinienwald die Spazierpfade
entlang. Nach einer Weile kam ich an einen Ort mit

alten griechischen Häusern, der mit Pistaziensträuchern geschmückt war. Mir kam der Gedanke, dass die Adresse, die ich in den Händen hielt, hier wohl nicht zu finden sein würde, und änderte meinen Kurs. Ich lief in Richtung Osten, hinauf auf einen der beiden Hügel, vorbei an einem Dutzend hundertjähriger Holzvillen mit schönen Gärten, bis ich plötzlich an einer einsamen Villa auf einer Grünanlage zum Stehen kam. Es war die letzte Villa, die unmittelbar vor einer Klippe am Ufer stand – und die schönste. Ich stand vor einer dicken weißen Mauer, deren Einlass mit einem schwarzen Tor aus Schmiedeeisen verschlossen war.

Ich klingelte und es dauerte nicht lange, bis eine alte Dame mir das Tor öffnete und mich höflich hereinbat. Sie begleitete mich vorbei an dem prächtigen Innengarten bis zu der Eingangstür der Villa und sagte, Herr Jannik empfange mich im Salon. Ich trat ein und betrachtete zunächst den Raum, in dem sich außer einer riesigen Tafel mit sechs Stühlen, einem Sessel vor dem Fenster, einem Buffetschrank und einem Sideboard nichts Besonderes befand.

Als der alte Mann meine Anwesenheit bemerkte, stand er mit wackeligen Beinen von seinem Sessel auf.

Er war schmächtig und gebrechlich, mit seinen weißen, lockigen Haaren sah er aus, als wäre er einem alten Gemälde entsprungen. Er trug einen bunten Morgenmantel aus glänzender Seide.

„Herzlich willkommen am Gutshof Janniks", begrüßte er mich freundlich und streckte mir seine knochige Hand entgegen. „Bitte nehmen Sie Platz, Herr ..."

„Kartal", entgegnete ich.

„Herr Kartal, es freut mich, Sie kennenzulernen. Ich hoffe, man hat Sie darüber aufgeklärt, was Sie hier zu tun haben", sagte er ohne Umschweife.

„Ja, Herr Jannik. Ihre Schwester hat mir am Telefon die wichtigsten Details bereits erzählt", antwortete ich.

„Vergessen Sie, was sie gesagt hat, sie übertreibt gerne. Es ist bei Weitem nicht so schlimm. Die Ärzte hier sind sich sicher, dass mein Herz schwach ist und dass ich nur noch ein Jahr zu leben habe. Aber was wissen die schon? Ich fühle mich jedenfalls fantastisch."

Als ich die Gelegenheit bekam, über meine Kenntnisse in der Krankenpflege zu berichten, schnitt er mir das Wort ab.

„Das alles interessiert mich nicht. Sie machen Ihren Job, wie ich es Ihnen sage. Ich brauche niemanden, der mir auf die Toilette hilft, mich wäscht oder anzieht, das kann ich Gott sei Dank alles noch selbst."

Ich erfuhr, dass meine Aufgabe hauptsächlich darin bestand, dem alten Herrn Jannik seine Medizin zu geben, einzukaufen und ihm Gesellschaft zu leisten, und konnte mein Glück kaum fassen. Nichts sei leichter als das, dachte ich, bis ich bemerkte, dass die Sache einen kleinen Haken hatte: Ich sollte umgehend dort einziehen. Zwar durfte ich Sultan mit in mein Zimmer nehmen, aber ich war mir unschlüssig, ob es eine gute Idee war, direkt am Arbeitsort zu wohnen.

Auf der Fähre überlegte ich die ganze Zeit, ob ich den Job nicht besser absagen sollte. Mein Geldmangel überzeugte mich dann doch und ich entschied, wenigstens für ein paar Wochen dort zu arbeiten.

Tuncay fand die Idee, vor Ort zu wohnen, nicht ganz so schlecht wie ich. Er meinte: „Du bist erstens aus dem stickigen Hotelzimmer raus, zweitens wohnst du in einer Villa und drittens brauchst du dort dein Zimmer nicht zu bezahlen. Dazu kannst du einem Menschen helfen, gesund zu werden." Da gab ich Tuncay recht und nahm mir vor, in wenigen Tagen in meine neue Unterkunft einzuziehen.

Am darauffolgenden Wochenende war es dann so weit: Ich bedankte mich bei Tuncay für seine ausgesprochen freundliche Hilfe und dafür, dass er mir bei meiner Entscheidung geholfen hatte, und zog in die prächtige Villa der Janniks ein. Nach und nach lernte ich den Alltag der Familie kennen. Als ich wusste, was Herr Jannik jeden Tag für ein Gift als Medizin zu sich nahm, beschloss ich, ihm mit meiner eigenen Naturmedizin zu helfen. Meine selbstgemachte Medizin kam bei Herrn Jannik gut an und er war froh, seine nebenwirkungsreichen Tabletten nicht länger zu brauchen. Seine lila gefärbten Lippen wurden von Tag zu Tag heller, bis sie schließlich wieder eine gesunde rosa Farbe annahmen. An einem lauen Abend bestand Herr Jannik darauf, dass ich ihn zum Hafen begleitete, Sultan durfte selbstverständlich mitkommen. Wir marschierten auf dem alten Strandweg in Richtung Hafen. Dort saßen wir in einem recht gemütlichen Straßenrestaurant, tranken Kaffee und betrachteten das Meer. Der Anblick der untergehenden Sonne war so unglaublich schön, dass wir lange und still dasaßen und nur noch den Augenblick genießen wollten.

Die Wanderung durch Hunderte von Jahren hätte für mich gut und gerne auch an diesem Ort enden können. Ich spürte den Wind in meinen Haaren, die wärmenden Sonnenstrahlen auf meinem Gesicht und das Meersalz auf meiner Zunge. Ich spürte die Freiheit und auch, wie gut sie sich anfühlte.

Frei von der ewigen Suche … Ich fragte mich, wonach ich eigentlich noch suchte. Meine Freiheit bedeutete mir sehr viel, aber gleichzeitig war sie auch Josefs Untergang. Ich überlegte, ob ich etwas Wichtiges übersehen oder vergessen hatte.

Meine einzige wahre Bestimmung, die ich niemals vergessen durfte, kam mir wieder in den Sinn. Ich kam mir wie ein selbstsüchtiger Egoist vor, weil ich die ganze Zeit nur von dem Gedanken besessen gewesen war, mir meine Seelenfreiheit von Josef zu holen und seine dabei vielleicht in Gefahr zu bringen. Wie konnte ich auch nur einen einzigen Moment daran denken, dass ich dann wirklich frei sein würde? Ich entschloss mich, die Suche nach Josef einzustellen und mich lieber denjenigen zu widmen, die meine Hilfe benötigten. Denn genau das hatte ich bei meiner Schamanen-prüfung geschworen.

„Ich verspreche von nun an, dass ich den armen, kranken, bedürftigen und schwachen Menschen helfen und die Yer, Su und Okto Khan, die Geister der hohen Berge, mit Respekt behandeln werde", erneuerte ich mein Schamanen-Gelübde.

„Was haben Sie gesagt?", wollte Herr Jannik wissen.

Ich sah ihm direkt in seine fragenden Augen. In dem Moment wurde mir klar, dass mein Wohlergehen nicht mehr von Bedeutung war. Alles, was zählte, war die Liebe. Nicht die egoistisch veranlagte, sondern die selbstlose Liebe.

„Glauben Sie an die verändernde Kraft des Gebetes, Herr Jannik?", fragte ich. Er schüttelte den Kopf und schaute mich bedrückt an.

„Sie glauben doch an die Macht des Wortes. Gebete bewirken mehr als ein Wort, denn sie sind niemals leer. Darin stecken geballte Gefühle und ihre Energien, die einen die ganze Zeit begleiten und Frieden schenken", erklärte ich.

„Das beste Gebet ist, wenn man für jemanden etwas Gutes tun kann", entgegnete er leise und fügte hinzu:

„An selbstsüchtige Gebete glaube ich schon lange nicht mehr. Ohne Geben gibt es kein Empfangen."

Sultan mischte sich telepathisch dazwischen und meinte zu mir, wenn Herr Jannik etwas für jemanden tun wolle, solle ich ihm doch von unserem Traum erzählen. Ich fand die Idee nicht schlecht und berichtete Herrn Jannik kurzerhand von der Hundeinsel und von unserem Gnadenhofentwurf.

„Das ist ein fabelhafter Vorschlag", sagte er. „Sehen Sie, das ist es, was ich meine! Das ist mehr als ein Gebet. Ich werde alles in meiner Macht Stehende tun, um euch dabei zu unterstützen." Mit ein wenig Spott auf den Lippen fügte er hinzu: „Dann lasst uns jetzt mal gemeinsam beten, mal sehen, ob er mich auch von meiner Krankheit befreien kann."

„Sei dankbar, mein Freund, wenn du Tengris' heilende Lebensenergie finden willst. Sei dankbar für deinen wunderbaren Körper, mag der äußere Anschein auch anders sein. Erst dann ermöglichst du es, seine mächtige Heilkraft so stark zu empfinden, wie er sie auch erschaffen hat", entgegnete ich und war mir nicht bewusst, wie selbstsicher ich diese Worte über meine Lippen gebracht hatte.

Wir schlossen unsere Augen und jeder von uns fing im Stillen an zu beten. Plötzlich reckte Sultan seinen Kopf hoch zum Himmel und begann zu jaulen. Wir konnten spüren, dass er sich ebenfalls an seinen Schöpfer gewandt hatte. Unter Sultans Gebetsgesang verbanden wir uns mit dem Allmächtigen, tauchten in eine Welt voller Vertrautheit, Liebe und Sorglosigkeit. Unsere meditative Haltung endete mit der Stimme des Kellners. „Ist alles in Ordnung mit Ihnen, Herr Jannik?"

Wie aus einem tiefen Schlaf gerissen öffnete Herr Jannik seine Augen und versicherte dem Kellner, dass alles in Ordnung sei. Leise fügte er hinzu: „Viel mehr als in Ordnung!"

Die beruhigende Wirkung des Gebetes hielt noch eine Zeit lang an, als Herr Jannik, Sultan und ich an der Hafenstraße entlang nach Hause zurückliefen. Wir waren alle drei gut gelaunt, scherzten miteinander und lachten. Sobald wir den Weg zum alten Friedhof einschlugen und ihn direkt durchquerten, wurde Sultan unruhig. Es war, als spürte er eine unsichtbare Bedrohung in der Luft. Vielleicht war es nur der Wind, der das trockene Gebüsch wackeln ließ, oder ein kleines Vögelchen, das Schutz unter den Ästen gesucht hatte. Auf einmal begann mein Herz wie ein wildes Tier zu rasen und mein Puls hämmerte so kräftig, dass ich ihn sogar unter meiner Kehle spüren konnte. Ich wusste nur nicht, warum.

Nun spürte auch ich, dass in unmittelbarer Nähe ein Unheil drohte. Nur Herr Jannik schien nichts zu bemerken und wenn doch, dann interessierte er sich nicht dafür, denn er lief im gleichen Tempo weiter. Ich blieb stehen und bat ihn, einen Augenblick zu warten. Gleichzeitig versuchte ich, Sultan zu beruhigen. Doch Herr Jannik reagierte nicht und ging einfach weiter, als wäre er plötzlich taub geworden. Ich konnte nicht glauben, dass er mich nicht hören konnte, denn ich hatte schließlich laut genug gerufen. Ich zögerte einen Augenblick, dann rief ich ihm erneut zu, dass er kurz auf uns warten möge. Für einen kurzen Moment, vielleicht für den Bruchteil einer Sekunde, glaubte ich, dass er sich um hundertachtzig Grad gedreht und mich mit einem fremden Gesicht, das nicht aus dieser Welt zu sein schien, angesehen hatte. Ich erschrak kurz, doch Angst hatte ich keine. Ich konnte mir nicht erklären, was hier vor sich ging, hoffte aber, es bald zu erfahren. Sultan ließ sich nicht beruhigen, mit einem Satz riss er sich los und rannte zu dem Busch auf der anderen Straßenseite.

„Es war kein Versehen", sprach eine Stimme, „sondern Mord!"

Sultans Bellen verstummte abrupt. Er drückte seinen Körper flach auf den Boden und fing erneut an zu heulen. Ich wollte wissen, wer da gesprochen hatte, und ging der Stimme nach. Hinter einem Busch versteckte sich eine Gazelle. Zuerst sah ich nur ihren Kopf mit den Hörnern und wie sie mit finsteren Augen auf Sultan herabstarrte. Sprach sie wirklich mit ihm oder bildete ich mir das nur ein?

„Oben am Waldrand saß ich mit meiner Herde. Der Geist aus der Unterwelt beobachtete alles und rieb sich die Hände, als du uns gesehen hattest. Er log dich an und du wusstest das, trotzdem wolltest du ihm glauben. Der große schwarze Çor aus der Hölle war mit dem Ergebnis seiner Lüge sehr zufrieden. Er hatte herausfinden wollen, ob die Menschen auch so handeln und fühlen würden wie er selbst, wenn er selbstsüchtige Gedanken hegte. Und du hattest so gehandelt! Das Gleichgewicht wurde zerstört. All die Jahre mussten wir damit zurechtkommen und unser Leid nahm kein Ende."

„Vater!", schrie ich überrascht.

Sultan trug den Geist meines Vaters in sich und ich war so schockiert, dass ich kein Wort mehr herausbrachte.

„Die Zeiten, in denen sich die Finsternis über die ganze Welt ausbreitete, und all die Kriege, die durch die Gier der Menschen ausgelöst wurden, dieses unkontrollierbare Unheil, das sich immer mehr verbreitet hat – du hast das alles erleben dürfen. Nun frage ich dich: Wie hat sich das angefühlt?", schrie die Gazelle Sultan an.

„Frage nicht ihn, sondern den Erlik Khan", entgegnete Herr Jannik, ohne sich umzudrehen.

Ich spürte zwar, dass da etwas war, verstand aber nicht, was gerade Herr Jannik mit alldem zu tun hatte.

Die Gazelle sah zu mir herüber und sprach mit einem milderen Ton: „Ich hoffe, dein Sohn ist stärker als du!" Dann lief sie davon.

Sultan winselte noch lauter und rief der Gazelle nach: „Wie nah ist unser Ende?"

„Das hättest du gerne gewusst, nicht wahr? Ein Ende für dein Leid", sprach ein kleiner alter Mann, der hinter einem Baum hervorkam. „Freu dich nicht zu früh."

Diesmal war ich mir sicher, dass ich dieses alte Männlein mit seinen grauen Haaren und großen Ohren in den Wäldern meiner Jugend schon mal gesehen hatte. Doch bevor ich seinen Namen aussprechen konnte, gingen mir, wie immer, alle Erinnerungen verloren. Wie bei einer Schaukel kamen meine Erinnerungen und gingen wieder, aber warum? Warum um Himmels willen habe ich alles, was mir von Bedeutung war, gleich wieder vergessen?

Endlich hatte ich meine Sprache wiedergefunden und rief: „Bitte, mein Herr, sagen Sie uns, was Sie wissen, oder schweigen Sie! Diese ständigen Andeutungen ertrage ich nicht mehr!"

„Sieh an, sieh an", spottete er und näherte sich tänzelnd. „Hat ein Mann wie du, der seine Seele an den Tengrigegner verschachert hat, hier auch etwas zu sagen?", entgegnete er höhnisch und beantwortete sich seine Frage sofort selbst. „Klar doch! Nur zu … Jeder Mensch, ob mit oder ohne Seele, hat hier das

Recht, seine freie Meinung zu äußern. Entscheidend ist doch nur, ob wir diese überhaupt hören wollen", sagte er und lachte.

„Sag ja nicht, dass du in deinem langen Leben keine Fehler gemacht hast. Niemand, egal ob Geist, Engel oder Mensch, ist fehlerfrei. Auch die dämonischen Diener Erlik Khans nicht", erwiderte Herr Jannik, ohne sich umzudrehen.

„Nun, soweit ich weiß, ist es bereits viel zu spät, den Fehler zu beheben", sagte das Männlein mit einem barschen Ton und deutete mit seinem krummen Finger auf Sultan.

„Erzählen Sie doch keinen Blödsinn, Sie Baumharz-gespenst. Ich muss das doch besser wissen", sprach ihn Herr Jannik mit einer verfremdeten Stimme an.

Als Herr Jannik sich endlich umdrehte, blickte ich in seine strahlend blauen Augen und sein makelloses Gesicht. Von seiner gebrechlichen Haltung war nichts mehr zu sehen und schmächtig war er auch nicht mehr. Er stand kraftvoll vor mir, lächelte und schlug einen sanfteren Ton an. „Vielleicht ist die Lösung gar nicht so weit entfernt, wie Sie glauben", sagte er und augenblicklich erkannte ich Erdenay, den Botschafter der Tengri, wieder.

„Das werden wir noch sehen", rief das Männlein noch schnell, bevor es verschwand.

Mit einem Mal war der ganze Spuk vorbei und auch Sultan hörte auf zu heulen. Ich sah, wie Herr Jannik wieder seine alte Gestalt annahm. Wortlos liefen wir drei nach Hause zurück.

Yusuf - „Ich gehe mit deinen Füßen"

Zurück in meinem Zimmer war ich so erschöpft, dass ich mich gleich aufs Bett stürzte. Schnell sank ich in einen tiefen Schlaf.

„Dudu!", schrie eine Stimme neben mir. Es war meine eigene Stimme. Ich sah neben mir meinen eigenen Körper, wie er hinter einem Mädchen hereilte.

Es rannte weg und schrie dabei immerzu: „Vater, hilf mir!"

„Wie denn?", antwortete meine Stimme verzweifelt.

Das Mädchen blieb kurz stehen, warf sich auf den Boden, zog ihre Beine zusammen, streckte die Arme auf die Seite und sah mich an.

„So, Vater, siehst du, wie der Christengott menschliche Sünden auf sich genommen hat?"

Schweißgebadet wachte ich auf und sah Sultans Gesicht vor mir. Er stand mir so nah, dass ich seinen feuchten Atem spürte. Ich streichelte seinen Kopf und prüfte, ob ich in seinen Augen einen Funken meines Vaters ausmachen konnte. Er fehlte mir sehr und ich erinnerte mich plötzlich wieder an meine Kindheit: an die schönen Momente, in denen ich mit ihm auf dem Pferd geritten war, und wie er mir beigebracht hatte, im Fluss zu angeln. Wir hatten viel Spaß miteinander gehabt. Besonders an dem Tag, als wir durch das Haran-Tal geritten waren. Ich wusste nicht, ob ich mich selbst daran erinnerte oder ob Sultan mir die Szene telepathisch einblendete. Aus welchem Grund sie mir auch in den Sinn kam, die Erinnerungen taten einfach gut. Wir hatten uns für unser Leben gefreut und für diesen Augenblick. Unser Gefühl der Ausgeglichenheit war so tief gewesen wie das unendliche Universum.

Aber was war schon ausgeglichen in diesem Augenblick meines Lebens? Ich überlegte, was Ausgeglichenheit für mich hieß und ob mein Traum etwas damit zu tun haben könnte. „Jesus starb für unsere Sünden", sagte Dudu, das Mädchen aus meinem Traum, das behauptete, meine Tochter zu sein.

Ich begann, eins und eins zusammenzuzählen. Jesus starb für unsere Sünden, dachte ich immer wieder. Was bedeutete das für einen Schamanen wie mich?

„Das ist Liebe, genau wie der Tengri in der Zeit der Schamanen", sprach Sultan. „Liebe ist, wenn jemand für dich nur das Allerbeste möchte, ohne auf sich selbst Rücksicht zu nehmen. Du hast mich geliebt, mein Sohn, das war dein Fehler."

„Was meinst du damit?", fragte ich ihn.

„Du hast meine Sünden auf dich genommen, genau wie Jesus es getan hat."

„Aber man sagt, dass Jesus in den Himmel gekommen ist. Er ist also belohnt worden, während ich in die Hölle verbannt wurde. Ist das gerecht?"

Er schüttelte den Kopf.

„Ich weiß nicht, ob ich nur mit einem Phantomgefährten spreche oder wirklich mit dir, Vater", gab ich zu.

„Ist das denn so wichtig?", fragte die Stimme. „Kommen wir lieber zu deiner Frage: Was ist ausgeglichen in deinem Leben?"

„Gar nichts, ich bin nicht Jesus."

„Jesus starb, um die Sünden der Menschen auszugleichen, doch du lebst, damit du die Sünden der Menschen ausgleichst."

„Dann muss ich aber noch sehr lange leben, bis ich alle Sünden ausgeglichen habe", sagte ich und lachte bedrückt.

„Oder du findest deinen Befreier, der das Gleichgewicht wiederherstellt. Ohne dass wir für unsere Sünden büßen, kann das Gleichgewicht nicht wiederhergestellt werden. Das Entscheidende ist, wie unterschiedlich wir alle unsere Sünden büßen."

„Ja, meine Wunden zu ertragen, die mir Tag für Tag das Leben aussaugen, ist auch nicht gerade leichter, als an dem Kreuz zu sterben", entgegnete ich und mit diesen Worten ging mir ein Licht auf.

„Ich hab's!", rief ich. „Träume muss man doch immer symbolisch betrachten. Jetzt weiß ich endlich, was Dudu mir die ganze Zeit sagen wollte."

Sultan wurde hellhörig. „Was genau meinst du denn?", fragte er neugierig.

„Wo ist meine Kreuzkette?"

„Dort, wo du sie hingelegt hast, auf dem Waschbecken-rand natürlich!"

Ich eilte ins Bad, nahm die Kette und drückte den Anhänger auf die Brandwunde auf meiner Brust, die die Form eines Kreuzes hatte.

Es war, als würde ich ein glühendes Bügeleisen darauf drücken. Die Wunde brannte so sehr, dass ich kaum stehen konnte. Ich biss die Zähne fest zusammen und wartete auf ein erlösendes Zeichen. Ich betete zu Tengri und hoffte, dass endlich etwas Entscheidendes passierte, bevor mich der Schmerz noch endgültig erledigen würde.

Allmählich ließ der brennende Schmerz nach und ging in einen stechenden Schmerz über, der sich wie Peit-schenschläge auf meiner Wunde anfühlte. Ich konnte nicht einschätzen, ob das ein gutes Zeichen war.

In dem Moment klopfte es an der Tür und Herr Jannik kam freudestrahlend mit einer Sektflasche und zwei Gläsern herein.

„Ich habe eine äußerst gute Nachricht für euch. Soeben habe ich vom Stadtsekretär die Genehmigung für das Projekt erteilt bekommen, Sponsoren aufzusuchen. Neben dem Gnadenhof wird zusätzlich ein Vergnü-gungspark mit einer Wildwasserbahn und weiteren Fahrgeschäften für Kinder entstehen. Fünfzig Prozent des Erlöses gehen an eine Hilfsorganisation für Erdbebenopfer. Morgen früh werde ich meine Unterschrift leisten, dann ist es offiziell. Hinzu kommt, dass ich mein Testament geändert und meinen Rechtsanwalt beauftragt habe, alles Rechtliche für die Gründung einer Stiftung namens „Sultans Hundeparadies" vorzubereiten. Meine Herren, nun können wir getrost auf alles anstoßen! Es wird nicht mehr lange dauern, bis wir die richtigen Sponsoren finden. Und während die Hunde aus Istanbul in ihre neue Bleibe umziehen, können sich auch die Erdbebenopfer auf ihr neues Zuhause freuen."

Ein Wunder war geschehen und ich konnte mir das alles nicht so recht erklären. In der nächsten halben Stunde feierten wir und tranken unseren Sekt in langen Zügen aus, sogar Sultan kostete davon.

Nachdem Herr Jannik uns verlassen hatte, startete ich noch einen Versuch. Ich schloss meine Augen und drückte den Kreuzanhänger erneut auf meine Wunde. Es schmerzte unerträglich und vor meinen Augen zuckten helle Blitze.

Auf einmal waren die Schmerzen vorbei, meine Angst wie weggeflogen und mein Kopf klarer denn je. Als ich mich wieder besser fühlte, schloss ich meine Augen und sah diese Bilder vor mir: Ich stand in einem fremden Zimmer; ich sah, wie ich zum Bad ging und den Medizinschrank öffnete; ich holte mir Tabletten heraus, und als ich den Spiegelschrank zuklappte, sah ich im Spiegel Josefs Gesicht.

Ich entfernte den Anhänger von meiner Wunde, um zu sehen, ob dieses Phänomen nur mit der Kette funktionierte. Tatsächlich sah ich plötzlich nur noch schwarz. Sobald ich das Kreuz wieder auf meine Brust presste, sah ich durch Josefs Augen.

Das hatte Dudu mir also sagen wollen! „Danke, Dudu!", murmelte ich leise, ohne zu wissen, wer sie war und warum sie mir half. Um genau zu sein, war ich in dem Augenblick viel zu beschäftigt, um nachzudenken, obwohl ich mich ihr in dem Moment so nah fühlte wie nie zuvor. Ich ignorierte diese Gefühle und konzentrierte mich ganz auf die Kette. Mit ihrer Hilfe sah ich durch seine Augen. Intuitiv wusste ich, dass es auch etwas mit Herrn Janniks Nachricht zu tun hatte, denn unsere Gebete waren erhört worden. Ich bekam eine Gänsehaut und eine ordentliche Portion Hoffnung dazu. Sultan fühlte mit, freute sich und wedelte glücklich mit dem Schwanz.

Zwei Stunden lang konzentrierte ich mich auf die Umgebung, die ich durch Josefs Augen sah, um etwas Brauchbares zu erkennen, das mir seinen Standort verriet. Irgendwann schaffte ich es, das Halteschild einer Bushaltestelle zu entziffern. Ich sprang auf und notierte auf einen Zettel: Sahilköy Şile.

Er war also in Şile, einer Küstensiedlung, die ich nicht kannte. Als ich erfuhr, dass der Ort nur 60 Kilometer von Istanbul entfernt lag, freute ich mich umso mehr.

Etwas später war ich an der Bushaltestelle, an der schon Josef gestanden hatte. Aus zwei Gründen war ich froh, Josef bald wiederzusehen. Einer war sicherlich, dass ich ihn trotz seiner Untreue vermisst hatte. Der wahre Grund war jedoch, dass ich schlicht nicht mehr so weiterleben wollte wie bisher - so einsam und verloren.

Es würde noch einige Stunden dauern, bis sich die Finsternis des Neumonds auf die Erde senkte. Ich hasste es, wenn sich der Mond vor der Erde versteckte. Das hatte für mich etwas von Sterben ohne Erlösung. Die Stunde Null.

Es war grauenvoll, mich jedes Mal an irgendwelche Ereignisse aus meinem Leben zu erinnern, nur um sie dann gleich wieder zu vergessen. Jedes Mal begann dasselbe Spiel von vorne. Ich konnte mich nicht mehr daran erinnern, warum um Himmels willen mein Leben bergab ging und ich keinen Zugriff auf meine Probleme bekam. Doch eins wusste ich genau: Ich wollte nie wieder vergessen, wer ich war.

Die Nacht war schwül und der Himmel war klar. Ich fand Josefs Wohnung und klingelte hoffnungsvoll an der Tür. Doch niemand machte auf, also saß ich auf der Bank schräg gegenüber und wartete. Sultan ging bis zur Kreuzung und wartete dort. Gegen Mitternacht wurde ich langsam nervös.

Ich stand auf, ging zu Sultan und wir spazierten einige Zeit zusammen den Gehweg entlang. Dann sah ich ihn. Er kam von der Küstenstraße und ging direkt auf mich zu, wechselte aber die Straßenseite. Mit einer Hand hielt er seinen Rucksackgurt fest, die andere vergrub er tief in seine Jackentasche.

Als er mich entdeckte, blieb er kurz stehen. Dann drehte er sich um und rannte, so schnell er konnte, zurück zum Meer. Unterwegs warf er seinen Rucksack ab, um ohne die Last noch schneller laufen zu können, doch ich war ihm dicht auf den Fersen.

Sultan und ich folgten ihm durch die Straßen und Gassen und schließlich bis ans Wasser. Am Rande eines Felsens hielt er an, drehte sich kurz nach uns um und kletterte dann den Felsen hinunter. Sultan bellte wie verrückt.

Josef - „Auf dem Pfad der Gerechten"

„Warum hast du das getan?", schrie Yusuf andauernd, während er hinter mir den Felsen herabstieg.

Als ich eine sichere Stelle erreicht hatte, sprang er den letzten Meter zu mir herunter und blieb am Rande des Vorsprungs stehen. Sein Hund bellte ununterbrochen und machte mich noch nervöser, als ich es sowieso schon war. „Es ist nicht meine Schuld, wenn in deinem Leben einiges schiefläuft", antwortete ich. „Das alles hättest du dir überlegen sollen, bevor du dem Erlik Khan deine Seele verkauft hast!"

„Josef, Dost. Wieso sagst du so etwas?", fragte er und kam mir bedrohlich nahe.

„Da hast du dir den falschen Dost ausgesucht. Ich möchte nichts mehr mit dem ganzen Pakt zu tun haben. Ich will mein Leben so leben, wie ich es will. Verstanden?", entgegnete ich und sah mich verstohlen nach einem Fluchtweg um.

„Wieso diese Undankbarkeit? Habe ich nicht genug für dich gesorgt?"

„Ich bin nicht undankbar, aber du hast nur jemanden gesucht, der für deine Sünden büßt, weil du keine Seele mehr hast. Du brauchtest doch nur jemanden, der für dich weint und betet, weil du von den Himmelskräften verlassen worden bist. Tut mir leid, aber ich werde dir das nicht abnehmen", sagte ich barsch.

„Hörst du eigentlich, was du da sagst? Merkst du nicht, dass dir die Worte in den Mund gelegt werden? Das bist nicht du, Dost, das ist das Ergebnis des Paktes. Da ist der Erlik Khan am Werk, merkst du das denn nicht?"

Er kam auf mich zu und packte mich an den Schultern. Ich ergriff sofort seine Hand und schob ihn von mir fort. Er versuchte es erneut, was mich so entzürnte, dass ich ihm am liebsten mit dem Handrücken ins Gesicht geschlagen hätte. Daraufhin hielt er meine Hand fest und sah mir tief in die Augen.

„Hey Dost! Merkst du denn nicht, dass er es nur darauf angelegt hat, dass wir uns hassen? Er treibt sein eigenes Spiel mit uns."

Ich ignorierte, was er sagte, und ging auf ihn los wie ein tollwütiger Hund. Ich schlug mit einer solchen Wut auf ihn ein, wie ich sie von mir selbst nicht kannte, und merkte dabei nicht, dass er sich nicht ein einziges Mal verteidigte. Er ließ sich von mir so lange schlagen, bis ich ganz außer Atem war.

Dann wiederholte er seinen letzten Satz: „Er treibt sein eigenes Spiel mit uns."

„Ach was! Du bringst nur Schlechtes in mein Leben!", rief ich und sprang von dem Felsbrocken, auf dem wir beide standen, auf einen anderen.

Was, wenn Yusuf recht hatte? Ich spürte, wie mir auf einmal ein kalter Schauer über den Rücken lief. Ich geriet ins Straucheln und fiel von der Felskante, ich

161

konnte mich gerade noch mit einer Hand an einer Felsenspitze festhalten. Yusuf sah das mit Entsetzen und eilte mir zu Hilfe. Doch so sehr er sich auch bemühte, es gelang ihm nicht, mich endgültig zu sich hochzuziehen.

Ich löste meine Finger vom Gestein und ließ mich fallen. Ich hörte, wie mir einige Knochen brachen, verspürte aber keinerlei Schmerz. So lag ich rücklings im Sand und konnte mich kaum noch rühren. Um mich herum wurde es dämmerig.

Ich weiß nicht, wie lange es dauerte, bis Yusuf einen Weg nach unten gefunden hatte. Ich spürte seine warmen Hände über meinem Gesicht und freute mich, dass ich offenbar noch lebte.

„Nicht bewegen, Dost, du hast dir ein paar Knochen gebrochen. Ich werde jetzt Hilfe holen", sagte Yusuf und wendete sich zum Gehen.

„Warte mal!", bat ich. „Ich … Ich fühle keine Schmerzen. Was meinst du, müssten Brüche nicht höllisch wehtun? Ich meine, spielt da vielleicht das Schamanenelixier eine Rolle?"

Er sagte, er glaube nicht, dass das etwas mit dem Elixier zu tun habe, und kletterte den Felsen hoch.

Ich versuchte aufzustehen, was mir tatsächlich gelang. Es hatte ganz den Anschein, als würde mir nichts fehlen.

Yusuf kehrte zurück und fragte mich immer wieder, ob wirklich alles in Ordnung sei. Ich beteuerte inständig, dass es mir gut gehe. In Wahrheit war ich mir allerdings nicht so sicher, ob das stimmte.

Allmählich wurde es schwarz vor meinen Augen und ich dachte zuerst, dass mir wieder schwindlig würde, aber dann spürte ich Yusufs Hand auf meinem Arm.

„Es ist so weit, mein Freund. Der Neumond ist da … Wir sollten uns lieber hinsetzen."

Als ich bemerkte, wie sehr ihm mein Wohlergehen am Herzen lag, begriff ich, wie selbstsüchtig mein Verhalten gegenüber ihm gewesen war. Er hatte recht, wir mussten dieser unmenschlichen Situation ein Ende bereiten.

„Ich … ich muss das tun, nur so können wir wieder wir selbst sein", sagte ich und ergriff seine Hand. Ich schloss meine Augen und begann, das entscheidende Geburtsgebet, das ich erfunden hatte, aufzusagen. Yusuf bedankte sich leise und schloss ebenfalls seine Augen.

Ich beendete mein Gebet und wartete eine Weile, doch in mir regte sich nichts. Um zu sehen, ob etwas passiert war, öffnete ich die Augen und sah zu Yusuf hinüber. Er stand auf und wandte sich traurig gen Himmel, als würde er seine Ablehnung ahnen.

„Mutter Kam, es tut mir leid. Es tut mir sehr leid!"

In diesem Augenblick ertönte ein schallendes Gelächter. Da sprang ein Mann den Felsen herunter und baute sich vor uns auf. Es war ein seltsamer Mann im mittleren Alter, mit hohen Wangenknochen und leuchtend grünen Augen. Ich hatte sofort den Eindruck, dass Yusuf ihn kannte. Doch nicht nur Yusuf, mir kam er ebenfalls bekannt vor, aber so richtig einordnen konnte ich ihn nicht.

„Versuch gescheitert, was?" Sein Lachen erinnerte mich an das Krächzen der Raben. „Ihr armseligen miesen Betrüger, ihr habt wohl geglaubt, ihr würdet einfach so davonkommen. Wie konntet ihr nur denken, ihr könntet euch vor dem Pakt drücken? Ein Versuch war's wert, was?" Mit jedem Satz lachte er noch lauter. „Lasst euch sagen, dass das völlig ausgeschlossen ist! Ja! Völlig ausgeschlossen! Ihr habt wohl vergessen, dass ihr zu viele Sünden von Verstorbenen auf euch geladen habt. So viele, dass ihr nicht mehr davor fliehen könnt."

Auf einmal wurde mir klar, was mir Yusuf die ganze Zeit über zu sagen versucht hatte. Seine Erinnerungen kamen wieder und ich konnte vieles von dem, was er spürte, nachfühlen.

„Du!? Das hätte ich mir denken können. Immer wenn etwas schiefläuft, steckst du dahinter. Du mit deinen ewigen Lügen. Was hast du denn dieses Mal auf Lager?", entgegnete Yusuf dem Mann.

Dann wandte er sich zu mir um und meinte: „Dost, sieh ihn dir an. Das ist Erlik Khan höchstpersönlich, der größte Feind der Menschheit."

In dem Moment erinnerte ich mich wieder, wo ich ihn schon mal gesehen hatte. An dem Tag, als ich das Schamanenelixier in den Fluss geworfen hatte. Er war also dieser merkwürdige Fischer gewesen.

Scheinbar hatte er bemerkt, dass ich mich an ihn erinnerte, und setzte sein spöttisches Lachen fort. „Alles, was ihr braucht, fischt ihr euch heraus." Er lachte wie ein Verrückter und konnte kaum noch richtig sprechen. „Hahaha ... Eure Gier ist euer Feind. Ihr Menschen könnt nicht abschätzen, was ihr davon habt."

„Ich bring dich um, du mieser Scheißkerl!" Yusuf nahm einen Stein und zielte, doch Erlik Khan fing das Wurfgeschoss locker mit einer Hand ab, woraufhin der Stein sofort pulverisierte. „Oh ja! Ihr liebt es zu töten. Das ist euer Hobby. Nun, die Zeiten, in denen mit einfachen Waffen getötet wird, sind vorbei", spottete er und pustete das restliche Pulver von seiner Hand.

„Und welche Waffen verwendet man heute, um zu töten?"

„Oh, meine Herren, ihr tut immer so klug und im Grunde genommen seid ihr so dumm. Habt ihr denn nie von dem Chip mit einem RFID-System gehört? Totalüberwachung heißt die Zukunftswaffe. Schlaft ruhig weiter, der Gesetzesentwurf ist bereits fertig. Alle beteiligten Länder haben zugesagt. Es fehlen nur noch wenige Unterschriften."

„Das ist nicht wahr! Ich habe mich zwar von dir reinlegen lassen, aber die Menschheit ist nicht so dumm. Wieso sollte sie so etwas zulassen?"

„An dem Tag, an dem dein Vater, der Schwarze Wolf, die Gazelle erstach, wurde das Gleichgewicht auf der Erde zerstört!"

Yusuf senkte seinen Kopf und sagte dann in meine Richtung: „Und als ich einen Pakt mit dem Erlik Khan schloss, ging die Herrschaft des menschlichen Geistes an den skrupellosesten Widersacher Gottes über."

„Das bin ich!", feixte der Mann und fügte hinzu: „Der skrupelloseste Widersacher? Einer muss die Schuld ja tragen, nicht wahr? Sieh dir an, was du den Menschen angetan hast! Sieh es dir an!"

„War das der Grund, warum ich mich all die Jahre nicht erinnern durfte? Um mich nicht zur Wehr zu setzen?", hakte Yusuf nach.

„Denk an den jahrelangen Schwindel der Banken, die sich in den Händen einiger mysteriöser Typen befinden. Willst du, du seelenloser Dummkopf, mir etwa sagen, ich sei auch daran schuld? Um eine Kontrolle leichter zu machen, von der Umweltkrise bis zur Finanzkrise, ist alles genauestens geplant. Mit diesem Chip wird die Menschheit überwacht und jeder, der Widerstand leistet, wird sofort aussortiert. Das ist das Ergebnis deiner Gier, nicht meiner", höhnte er.

„Oh, tu nicht so scheinheilig! Du hast genau gewusst, dass ich in der Lage gewesen wäre, das zu ändern. Und jetzt stehst du da und behauptest, dass es nicht deine Gier ist? Halt bloß dein Maul, Erlik Khan!"

Nie zuvor hatte ich Yusuf so laut und so wütend erlebt. Der fremde Mann hingegen blieb gelassen und sprach unbeirrt weiter. „Wessen Schuld es auch war, eure Tage sind so oder so gezählt. Die Zeiten, in denen sich alles um die Menschen gedreht hat, sind endgültig vorbei. Kein Stein und nichts, was je von Menschenhand gemacht wurde, bleibt auf dem anderen." Nach diesen Worten verschwand er lachend genauso plötzlich hinter den Felsen, wie er gekommen war.

Josef, Yusuf –
„So leih mir deine Flügel
Der Adler, der über die Berge
sein mächtiges Haupt erhebt!"

Lange stand ich noch mit Yusuf da und wir konnten beide nicht fassen, was wir gerade erfahren hatten. Obwohl der Neumond schon längst vorbei sein musste, blieben wir die ganze Zeit über reglos in diesem Zustand, bis sich endlich etwas rührte.

Yusuf schaute auf seine Hände. Er zitterte am ganzen Körper. Ich wusste, dass die Schmerzen unerträglich sein mussten, dennoch konnte ich nichts für ihn tun. Stattdessen spürte ich, dass mit meinen Beinen etwas nicht stimmte. Sie kribbelten unaufhörlich und wurden schließlich ganz taub. Ich verlor das Gleichgewicht und ging zu Boden.

Nun erlebten wir sie, die Zeichen der Veränderung, deren Verursacher wir waren, mit jeder Zelle unseres Körpers. Und wir hörten die Stimmen der alten Schamanen, die uns aus einer versunkenen Zeit zuriefen: „Erkennt die Aufforderung und tut etwas!"

Ja, wir mussten etwas tun, bevor wir gezwungen waren, uns ganz aufzugeben. Etwas, das den Mond aus seinem Versteck wieder hervorholen sollte und die Menschen aus den Klauen des Satans oder Erlik Khans, wie Yusuf immer zu sagen pflegte, befreite. Aber was?

Ich wusste nicht, wie viel Zeit mittlerweile verstrichen war, wie lange ich schon auf dem Boden verweilte und ob ich noch im Sterben lag oder schon längst gestorben war. Es war alles so surreal, als würde ich im Nebel schweben.

Da hörte ich ein kleines Mädchen mit besorgter Stimme sprechen: „Vater! Steh auf, Vater!" Ich konnte sie zwar gut hören, doch ich wusste nicht, wen sie meinte.

„Erinnerst du dich an die Geschichte des Adlers? Du stehst genauso vor einer Wende. Du musst jetzt eine

Entscheidung treffen. Willst du es versuchen oder aufgeben, Vater? Bitte, Vater Adler! Du sollst jetzt aufstehen und dich erneuern. Du sollst deinen Schnabel gegen den Felsen stoßen, bis er abfällt. Du sollst deine Krallen schütteln, bis sie abfallen. Und du sollst dir deine alten Federn ausrupfen."

Yusuf schleppte sich mühsam zu einem spitzen überhängenden Felsen und begann, seine Hände und Arme an dem rauen Gestein zu reiben. Bald hing seine Haut in Fetzen und er blutete stark.

Sultan bellte unaufhörlich. Ich wollte aufstehen und ihn davon abhalten, doch ich konnte mich weder vom Fleck rühren, noch ihm etwas zurufen. Ich war wie gelähmt und konnte nur tatenlos mitansehen, was da passierte.

Yusuf scheuerte seinen ganzen Körper gegen den Felsen und riss sich die Hautfetzen vom Leib. Nicht einmal Sultan konnte ihn davon abhalten, obwohl ich allmählich den Verdacht hatte, dass er das auch gar nicht wollte. Er verhielt sich sonderbar, bellte, wie um Yusuf noch mehr anzufeuern.

Ich merkte, wie meine Kraft mich wieder verließ und ich meine Augen nur noch mit Mühe offenhalten konnte. So musste es sich also anfühlen, wenn man kurz davor war zu sterben. Ein roter Schleier flog durch die Gegend, legte sich auf mich, umrankte mich, verwandelte sich in eine Flamme und verbrannte meinen gesamten Körper.

Ich hörte das Lachen hinter den Felsen, sah die frische Farbe der Särge aus meinem Laden und spürte die feuchte Erde in meiner Nasenhöhle.

Auf einmal stand ein Mädchen neben mir, sah mir in die Augen und sprach mich an: „Vater! Steh auf, Vater! Komm mit, hier entlang!" Ich erhob mich und blickte auf die Hülle meines leblosen Körpers zurück, der immer noch am Boden lag. „Hier entlang, Vater." Ich folgte dem Mädchen zu dem Felsen, auf dem Yusuf mittlerweile schwer verletzt lag. Es war ein ebenso schmerzhafter wie heilender Prozess, als ich in Yusufs Körper hineinwechselte.

In kürzester Zeit spulte mein Gehirn all meine erlebten Jahre zurück und ging in Yusufs Erinnerungen über. Dann sah ich verschiedene Phasen meines Lebens vor mir, sprang von der Vergangenheit in die Gegenwart und weiter in die Zukunft. So erfuhr ich, dass Sevgi schwanger war und ihr Kind abtreiben wollte. Ich hörte wieder diese Stimme aus meinen Träumen. „Papa, hilf mir bitte! Papa, bitte rette mich! Wenn du mich rettest, so rettest du die ganze Welt!", rief sie mit einem leisen Ton. Dann sah ich noch, wie ich Sevgi davon abhielt, das Kind abzutreiben. Sie bekam eine Tochter und nannte sie Dudu. Dann war alles vorbei.

Ich wachte in Yusufs Körper auf und sah mich um. Dudu war verschwunden und Sultan ebenfalls. Doch ich verspürte keine Traurigkeit, denn ich verstand, dass nun alles eins war und die Zeit in der Ewigkeit keine Bedeutung mehr hatte, sondern nur der Augenblick, das Hier und Jetzt, wichtig war.

Yusufs Körper besaß nun meine Seele, mit dieser Mischung konnten Yusuf und ich das sein, wofür wir bestimmt waren, nämlich ein Schamane. Ein Zauberer für all die im Chaos verlorenen Seelen.

Unsere Bestimmung war es, ihnen zu helfen, sich wiederzufinden. Unsere Vereinigung verlieh uns die Weisheit, wie sie einst unsere Vorfahren besessen hatten. Unsere Natur, die Sonne, der Mond und der Wind warteten darauf, ebenfalls eins mit uns zu werden. Und so geschah es, dass wir uns in einen Adler verwandelten.

Der Prozess dauerte eine ganze Nacht, und als die Dämmerung sich langsam auflöste, hatten wir unsere Wandlung endgültig vollzogen. Ich sah gen Himmel und genoss den herrlichen Tagesanbruch, er übertraf in puncto Schönheit alles, was ich bisher erlebt hatte. Mein Geist musste sich nicht einmal daran gewöhnen, in einem fremden Körper zu fühlen, zu sehen, zu gehen und zu fliegen, denn ich war nun darin zu Hause.

Ich blickte ein letztes Mal auf meinen alten Körper, dann erhob ich mich von den Felsen und flog der Sonne entgegen.

Yusuf und mich vereinten die besten Gaben und wir sahen erwartungsvoll unseren neuen Aufgaben entgegen, getragen von der herrlichen Hoffnung der Zuversicht.

Josef - Yusuf
„Erhelle mich mit deinem Licht.
Mit dem der Erlik Khan zusammenbricht."

Epilog

Die schwierigste Aufgabe bestand für uns darin, den Menschen die Augen zu öffnen, dann den Sehenden zu helfen, sich an das Licht der Wahrheit zu gewöhnen. Über Tausende von Jahren, von Generation zu Generation. Das Licht der Wahrheit, das sich in so unendlich vielen Schattierungen zeigte, konnte sein wahres Strahlen dennoch nicht hervorholen, weil eine dicke graue Wolke aus Lügen es verdeckte. Es war nicht einfach, den Menschen zu verstehen zu geben, dass das Licht der Wahrheit in ihnen selbst steckte, denn sie glaubten nicht mehr an sich selbst.

Mit dem heilenden Atem der Liebe konnten wir Stück für Stück unsere Aufgabe erledigen. Durch die Unterstützung von menschgewordenen Engeln wie Herrn Jannik und Tuncay konnten wir sogar viele Fehler der Menschen wiedergutmachen. Es brauchte einige Zeit, bis die Erde sich von den Umweltsünden erholt hatte und die vielen Wunden langsam heilten. Doch am Ende schafften wir es, mit der Liebe alles zu sehen, wie es den Menschen bestimmt ist.

Die Liebe war in uns, genau dort, wo wir mit unseren Sinnen sahen, hörten, tasteten, rochen und schmeckten. Im Adler, im Wolf oder im Menschen – egal, in wessen Körper wir uns befanden. Im Sichtbaren wie im Unsichtbaren. Im Lärm und in der Stille. Im Greifbaren und im Unbegreiflichen. Wir waren eins mit der Natur.

Ich hatte meinen Teil dazu beigetragen, diese Liebe ans Tageslicht zu bringen, so wie meine Tochter Dudu, die in eine neue Zukunft hineingeboren wurde, und viele andere reine Seelen.

Meine Liebe zu Sevgi war unendlich und wir hatten ein sehr glückliches Leben auf dieser Erde, bis uns die Unendlichkeit in ein anderes Leben und in eine neue Dimension beförderte.

ENDE